NADIANA

Marcus Braun

Nadiana

Roman

Berlin Verlag

Die Fertigstellung des Manuskripts wurde durch ein Stipendium
des Literarischen Colloquiums Berlin gefördert

Umschlaggestaltung:
Nina Rothfos und Patrick Gabler, Hamburg
Gesetzt aus der Janson
durch psb, Berlin
Druck & Bindung:
Friedrich Pustet, Regensburg
Printed in Germany 2000
ISBN 3-8270-0356-3

Gedruckt auf chlor- und säurefreiem Papier

ERSTER TEIL

Erstes Kapitel

Vermutlich treffen wir Stroheim auf der Rückfahrt. In einem Sechserabteil sitzt er uns gegenüber und zeichnet. Geraden von zwei bis drei Zentimeter Länge bilden in der Mitte des Blattes Winkel zu neunzig Grad; er umrandet die Geraden in einem Abstand von wenigen Millimetern. Die perspektivische Verkürzung ruft den Eindruck eines Gewölbes oder Tunnels hervor. Nirgends in dem weiten Raum ist ein Ausgang zu entdecken, ebensowenig eine künstliche Lichtquelle; dennoch ist das Gewölbe hell erleuchtet.

Ein französisches Paar in fortgeschrittenem Alter, das sich ebenfalls im Abteil befindet, scheint sich über uns drei Gedanken zu machen. Doch Nadja und ich haben nichts mit Stroheim zu tun, der sich übrigens auch auf deren Seite des Abteils befindet. Die Vermutung, es handele sich bei dem Fremden um meinen Bruder, ist irrwitzig. Alle Gedanken in diese Richtung sind falsch.

Ich befürchte, daß Nadja jeden Moment ein Gespräch mit mir anfängt. Die französische Dame stößt

unterdrückt auf. Es räuspert sich ihr Mann und richtet seine Krawatte, als wäre sie durch sein Räuspern, das Aufstoßen seiner Frau oder durch meinen vorwurfsvollen Blick verrutscht. Vielleicht sollte ich Nadja zuvorkommen und etwas sagen: Man darf nicht zu allem eine Meinung haben, oder: Wer lange genug Zugreisender spielt, wird einer. Dabei verlegen grinsen. Ich greife Nadjas Hand, führe sie an die Lippen, stecke mir ihren Daumen tief in den Mund. Lasse ihn hinein- und hinausgleiten. Nadja sieht aus dem Fenster. Durchführen wir einen Tunnel, könnte ich erleichtert feststellen, daß es völlig gleichgültig ist, auf welcher Seite man aus dem Fenster schaut. Stroheim sieht Nadja an.
Vorstellbar ist, daß Nadja beginnt, sich die Nägel zu lackieren. Farblos. Daß sie an ihren langen Haaren herumbeißt mit dem Ziel, gespaltene Haare ein paar Zentimeter oberhalb der Bruchstelle abzutrennen; ob der großen Zahl bis Berlin oder Moskau. Ich mag diese Angewohnheit nicht. Stroheim würde meinen Widerwillen mit einem milden Lächeln quittieren.
Es ist zu warm und zu kalt, die Luft ist zu trocken und feucht, es wird zu laut geatmet, und die Hose ist zu eng. Rekapitulation: Wir besuchten folgende Sehenswürdigkeiten, gingen durch die folgenden Straßen, legten soundso viele Kilometer mit der Metro zurück. Nadja nicht mehr so cezanneverliebt wie früher. Ein Glaskasten fährt zur Sacre Cœur

hinauf. Wir haben ihn tatsächlich benutzt. Obwohl ich mir geschworen hatte … Ein kleiner schwarzer Polizist räumt um zehn trillerpfeifend den Park. Nichts wirklich passiert, hier würde Nadja einhaken, Abfahrt von dem Gare de l'Est, fünf Personen im Abteil, Nadja und ich, gegenüber ein älteres Pärchen und Stroheim. Von vorn: Eine Begrüßungskakerlake im Hotelzimmer, erst durch mehrere gezielte Schläge mit der Haarspraydose hingerichtet; das Fenster, von Lacktränen verklebt, läßt sich nicht öffnen; an der Dusche, ich brauche zwei Tage das herauszufinden, warm und kalt vertauscht. Zum Père Lachaise, nicht der Toten wegen, sondern weil mir ein Freund von Friedhofskatzen erzählt hat. Nieselregen, keine Vierbeiner, Streit mit Nadja über den Heimweg. Wir trennen uns. Am Gare de l'Est entdecke ich dann doch noch eine Katze, winzig und zerzaust, ungewöhnlich rotbraun-weiß gefleckt. Ich rufe sie. Da sie nicht reagiert, muß ich durch den ganzen Bahnhof und über eine Absperrung; der Bahnsteig ist geschlossen. Sie mitnehmen, zuerst ins Hotel; beschwert sich der Portier, zeige ich ihm die Kakerlakenleiche, ich habe sie aufbewahrt. In gebückter Haltung nähere ich mich der Katze, rede beruhigend deutsch-französisch auf sie ein, erzähle ihr vom Leben auf dem Lande. Werde schon beobachtet. Setze mich auf den Bahnsteigrand, nervös, mir gehen die Worte aus, linkisch versuche ich nach ihr zu greifen. Da läuft

sie weg und überläßt mich den Passanten. Vielleicht saß sie, ohne Verständnis für meine Zudringlichkeit, vor einem mir nicht sichtbaren Mauseloch. Nadja wartet im Hotel.
Sie hat die Augen geschlossen. Ihr Kopf lehnt an der Fensterscheibe, sie spürt bestimmt, daß sie beobachtet wird. Im Gegensatz zu mir ist sie in der Lage, es zu genießen. Macht Stroheim sich Notizen über die Form ihrer Augenbrauen? Meine größte Angst ist, Stroheim falsch einzuschätzen, ihm dadurch eine Möglichkeit zu lassen, sich Nadja auf eine mir unverständliche Weise zu nähern. Étude: Nadja saß auf einer Hollywoodschaukel und hatte ihre Beine über die dreier Männer gelegt. Aber naturgemäß kann man sich der Erinnerung nicht verweigern, auch wenn jede Erinnerung die vorherige verändert, möglicherweise einige liebgewonnene Züge auslöscht. Man müßte zurückkehren dürfen, um sich zu vergewissern: Kritzelte Stroheim die letzten fünfzig Kilometer, oder machte er Skizzen zu Nadjas Braue? Hatte die Frau schon aufgestoßen? Kindische Idee von einer Rückfahrt als Umkehrung der Ereignisse. Sie schluckt Luft zurück in den Magen; als Reaktion auf meine hellseherische Mißbilligung? Mit der Maßlosigkeit eines Kindes, so Nadja, begann ich sogleich, die Schaukel mit ihrer wundersamen Besatzung in Bewegung zu versetzen. Ich gab erst Ruhe, als das Gestell umgekippt war. Jetzt grinse ich wie der

Frühling selbst, und drei Mitreisende wundern sich. Nadjas Augen sind geschlossen. Sie schrie und lachte. Zur Strafe warf man mich in den Pool. Wer, ich, maßgebend in allen Zweifelsfällen, fragte, ob sie Lust hätte, mich zu küssen; schließlich sei ich ja wegen ihr baden gegangen. Du küßt wie mein Sohn. Zungenspiele. Nicht gut? Doch, ich hab's ihm ja beigebracht. Was heißt das? Stroheim öffnet das Fenster einen Spalt, Nadja schreckt leicht auf, schließt aber gleich wieder die Augen.
Sie nahm mich bei der Hand, und wir gingen ins Haus. Wir müssen leise sein, damit uns der Kleine nicht hört. Ich, überflüssigerweise: Ja. Er – filius enim – hat letztens versucht, mich zu streicheln. Ganz recht, so die harmlose Zugpassagierin neben mir, schläfrig jetzt. Sie haben im Krankenhaus gearbeitet? Woher wußte sie? Die Frage an dieser Stelle – die gefährliche, von Stroheim gestellte – könnte lauten: Bis wohin fahren Sie? Sodann: Ach, so ein Zufall. Darauf: Besuchen Sie uns doch einmal. Ja, schon im Ersten Weltkrieg. Kokain, leichte Verschiebung von Hirn und Welt. Sie drückte mich aufs Sofa und ging an den Kühlschrank, ihr herrlicher Rücken im Gegenlicht: Und wie war's? Erotisch, meine beste Zeit. Das Blut und die Schmerzen haben die Schwestern schier verrückt gemacht. Ich werde nur sehr schwer feucht. Mein Herr, Sie werden ernsthaft arbeiten müssen. Keine Schnittchen, keine trockenen Sachen, Nadja öffnet eine

Packung Kekse. Die Welt dreht sich um meine mouche, das hat mir ein Physiker erklärt. Denke zuviel an den Erfolg meiner Worte. Darf ich Sie fesseln? Ich verweigere mich Stroheims Physiognomie. Möglich ist, daß meine Geste, Nadjas Daumen zu nehmen und ihn mir in den Mund zu stecken, diese Erinnerung herausgefordert hat. Leider zwingt mich etwas, Stroheims Daumen zu mustern. Ich befinde mich in einem Zugabteil. Sehen Sie, ich habe schon mit einem Arzt darüber geredet, aber ich kann nichts machen. Ich bin so. Tun wir es in einer Kirche? Sie fallen Klischees zum Opfer. Mir ist egal, wem, Hauptsache, es passiert. Und Nadja bietet dem ganzen Abteil Kekse an. Vorerst zurückgekehrt, registriere ich: Formal ist das der erste Kontakt. Stroheim greift mit drei Fingern in die Plastikschale.

Mögen Sie Caruso? Ich traf ihn vor einer Viertelstunde am Billardtisch; er spielt miserabel. Zeichnete aber gut. Immer nur Schenkel, in rätselhaftem Licht. Es scheint mir, die Atmosphäre im Abteil hätte sich entspannt, was das gefürchtete Gespräch zwischen Nadja und Stroheim immer wahrscheinlicher macht. Ihre Zunge war kalt. Meine früheren Männer waren alle zu groß dafür. Ich hoffe, Sie gehören nicht zu jenen Frauen, die sich meine Unzuverlässigkeit später mit dem Sternzeichen erklären. Die Schienenstränge schneiden sich in der Unendlichkeit, dies ist eine Reise mit der Eisenbahn, streben wir eine klassische oder eine pragmatische Lösung an. Madame, der Körper ist größerer Dehnung fähig. Herr und Dame lehnen höflich, gar nicht reserviert, das dargebotene Gebäck ab. Der Himmel, über diesem Stück Frankreich, herzlos und dunkel. Dagegen das aprikosenfarbene Gefühl der Erregung, im Dunkeln siegt die blinde Frau. Stroheim hat den Keks gegessen, ohne daß ich an der Art und Weise etwas auszusetzen hätte. Ich fragte, ob sie eine winzige Handtasche besäße. Sie verneinte. Was ich so mache? Damals: Nachtwache im Männerheim. Sie sagte: Sie wirken wie aus dem Griechischen übersetzt. Ich verstehe nicht, jetzt auch nicht. Bitte. Im Trocknen Feuchten Kalten hätte ich mir nicht die Flamme vorbehalten, es mag eine Frage der Zähmung des Feuers sein. Die Überlegung, ob der Alte noch mit seiner Frau schläft. Das Meer und der eiserne Bug eines Zuges? Schmerzlindernd die Hand im Nacken, nun auch, um meine Gedanken zu verschleiern, die bloßliegen wie die abgeernteten Felder zu meiner Rechten. Hatte ich Probleme? Das findet im Kopf statt. Nur im Kopf. Mit ihm steht und fällt alles. Ich redete: Dalí, eine schlechte Adresse, hat gesagt, wer lange genug Genie spielt, wird eins. Natürlich hatte ich mich ausgezogen, und natürlich hatte sie mich mit einem dicken Frotteehandtuch abgerubbelt. Stroheim schreibt. Nadja, deine Zunge war kalt. Leitungsmasten zerlegen die Landschaft; wohl schon seit hundert Jahren. Sie zählte fünfunddreißig Lenze damals, und ich war endreimverliebt bis zur Ekstase. Nadja berührt versehentlich Stroheims Fuß. Sie entschuldigt sich lächelnd, und ich verfluche den Moment. Beliebtes Wenn-Dann-Spiel: Hätten wir einen Zug später genommen, hätte der Hotelportier etwa uns aufgehalten, wäre es nie zu dieser Berührung gekommen.

Schlanke Worttabellen, vier nebeneinander; es erinnert mich an Stadt-Land-Fluß: Frauenname. Stroheim hält den Block waagerecht, ich kann die Worte nicht entziffern, obwohl ich es ungeniert versuche. Stroheim scheint es nicht zu bemerken, oder er will mir eine Falle stellen und mich unvermutet ansprechen. Tatsächlich scheint das erste Wort der ersten Spalte Nadja zu lauten. Oder Nacht. Nadja greift nach meiner Hand; vielleicht um mich zurückzuhalten. Später lag sie auf dem Bauch, und ich legte mich auf sie, unsere Arme ausgestreckt; ihre Hüfte etwas breiter als meine, meine Arme sind ein Stück länger als ihre, der Moment, in dem sie in Tränen ausbricht, macht mich zu einem anderen Menschen, manchmal fordere ich es heraus. Ihre Hand, entspannt, apathisch, sich weitende Pupillen, Stroheims Hände unter die Oberschenkel gesteckt, den Block auf den Beinen. Die Hände des Mannes halten den *Figaro*, die Hände der Frau ein Modemagazin. Möchte sagen: Verzeihung, aber das Grün Ihrer Weste macht mich krank; auch, wie dieser Stoff sich vermutlich anfühlt, Madame, ich empfinde dabei das gleiche, was andere beim Geräusch empfinden, das Kreide zuweilen im Kontakt mit Schiefertafeln hervorruft; vergleichbar: der Eisengeschmack fremden Blutes oder Aluminiumfolie an Amalgamfüllungen. Der Regisseur wird von hinten an den Hüften gehalten, Nadja, du mußt Verständnis aufbringen, diese abgeschwächte Form des Verstehens; für dich ist alles einfach. Du entwirfst einen Plan und arbeitest dich danach, du wirst Stroheim – und ich sage das, ohne genau zu wissen, was ich meine, in der Hoffnung auf dein Verstehen. Die Umrundung des Triumphbogens mit der Buslinie 71 war einer der schönsten Momente unseres Parisaufenthaltes; bei meinem ersten Besuch mit fünfzehn fand ich den Eiffelturm zu klein. Ich nehme ihr das Lächeln übel, sage also leise: Als ich das erste Mal in Paris war, kam mir der Eiffelturm zu klein vor. Sie reagiert nicht.

Paris Frankreich Seine Nadja Nil Norwegen Neapel. Nadja blamiert mich mit ihrem Schweigen. Die apologetische Absicht, die diese Kritik beflügelt, beeinträchtigt ihre Berechtigung in keiner Weise, Athen Andorra Ardeche Ada. Verkürzt: Ist der Gegensatz nicht eine Behauptung der Metaphysik. Die Misteln an den Birken sind real. Sie begleiten meine Fensterblicke seit Paris.

Aber gibt es hundertjährige Schlingpflanzen, diese

Frage tauchte auf, ganz recht, die Lehre von den Pflanzen ist eine Wissenschaft, und Theorien, auch über Stroheims Stadt-Land-Fluß-Notizen, überlasse man dieser. Gibt es unzufriedenes Grün? Kann also ein Satz falsch sein, wenn man ihn versteht? Weshalb beschleicht einen das rasende Gefühl, verrückt zu werden, und weshalb beginnen die Augäpfel zu zucken? Ökonomisch, als Wort für geizig, mit seinen Zweifeln umgehen. Das zufriedene, entschuldigende, unverzeihlich entschuldigende Lächeln. Dann auch das unzufriedene Grün. Nadja ist so, wie sie sein will, und wird, wie sie es sich vornimmt, eine Behauptung, der sie widersprechen würde. Beginnt also die Geschichte, unsere Reise, auf einem Bahnsteig, oder auf Plastikstühlen vor der Bahnhofskneipe, oder erst im Abteil, oder, beliebig fortsetzbar, auf einer Hollywoodschaukel?
Woran dachte ich bei der Hinfahrt? Nadja, woran dachtest du bei der Hinfahrt? Nadja: Ich freute mich darauf, vom Montmartre aus abends die Lichter der Stadt zu sehen, wovon leben die Menschen hinter den Fenstern, melancholisch wie der Abend, gesetzt den Fall, es regnet nicht zu sehr, wie und wie oft lieben sie sich, wohnt eine Katze in ihrer Wohnung?
Mann und Frau tauschen unter meinem bewundernden Blick *Figaro* und Modemagazin, rechtfertigen damit ihre Erwähnung. Nadja, Paris und Ada verbindet ein geheimes Abkommen zwischen Buch-

staben, eine andere Front verlangt einen anderen Gegner. Ich glaube, Stroheim blinzelt durch die Augenlider, oder er besitzt gar die Fähigkeit, durch die Haut zu schauen.

Von Begierden und Gewohnheiten befreit, Einzahl, ich, Zweizahl und Nadja, Mehrzahl und Stroheim. Ich mit zwei lachenden und einem weinenden Auge. Unverbundenheit, oder eine Ehe, die vielleicht doch nur der Tod scheidet. Menschen wie Nadja ficht das nicht an. Wie zudringlich die Häßlichkeit der Männer doch ist, Stroheims und auch meine eigene – mein Name tut nichts zur Sache, ich benutze ihn nicht oft –, in diesem Abteil zu sitzen ist eine Verurteilung, so lang wie der Zug; ich, im Zählen der Waggons, ein Meister. Der Trick besteht darin, nur noch Zahlen im Kopf zuzulassen, die Augen registrieren die Zwischenräume, kurz hell, länger dunkel, kurz hell. Als gäbe es eine unerbittliche Gesetzmäßigkeit, der jeder Mensch, Stroheim, ich, unterworfen sei und die von einem Leben in das nächste wirke, nur Nadja halte unsere Existenz unendlich sanft in ihren starken schlanken Händen. Natürlich habe ich schon einmal gelebt. Werden Stroheims Aufzeichnungen, Worttabellen, Kritzeleien Nadja gerecht? Jene, die sich mit dem Wort verbunden haben, deren Mühen werden enden, und ihr Antlitz wird voll Glanz erstrahlen. Nicht nur werden sie erlöst sein, sondern viele andere werden mit ihnen die Freiheit finden.

Wort Freiheit Antlitz Glanz. Die Mühlen Indiens hinter mir lassend, denn beim Zugfahren entfernen sich die Gedanken ja tatsächlich geographisch nachvollziehbar, liste ich mir die Getränke auf, die ich seit dem Morgen zu mir genommen habe. Nadja und Stroheim werden, von dem dekorativen französischen Paar abgesehen, allein sein. Ich schwöre mir, nie wieder nach Paris zurückzukehren. Meine Erinnerung werde ich gegen keine weitere Reise verteidigen müssen. Und der Zug fährt in einen Tunnel ein, obwohl es auf dieser Strecke keine Tunnel gibt; ich möchte darauf hinweisen, denke aber nur, daß meine Lippenwunde, an die ich lange nicht gedacht habe und die ich sofort wieder vergesse, endlich abheilen müßte.
Die perspektivische Verkürzung ruft den Eindruck eines Tunnels hervor. Nirgends in dem weiten Raum ist ein Ausgang zu entdecken, ebensowenig eine künstliche Lichtquelle; dennoch taucht eine Flut greller Strahlen das Gewölbe in rätselhafte Beleuchtung. Ich muß das Abteil verlassen. Ich verlasse das Abteil, und Stroheim, stelle ich mir vor, sitzt an der Theke einer Kneipe und trinkt. Ich denke, was Stroheim denkt. Am besten erinnert er sich an die Mulden in ihren Schulterblättern, weniger markant diejenigen oberhalb ihres Hinterns. In der unendlich weichen Haut. Es ist dies der Moment, in dem wir in den Tunnel einfahren und ich das Abteil verlasse. Ich bugsiere meine Knie an der

Französin und dem Franzosen vorbei, öffne die Schiebetür und lächle unverbindlich ins Abteil zurück; denke, daß das den Anschein von Normalität erweckt; gehe nach links, also gegen die Fahrtrichtung. Unendlich weich – Stroheim stutzte. Sehr weich war sie schon. Vielleicht wähle ich nicht das erste Klo, obwohl ich damit meine Rückkehr unnötig verzögere. Möglich, unter bestimmten Gesichtspunkten wünschenswert, wäre die Beschreibung aller Frauen in den Abteilen, die ich auf dem Weg zur letzten Zugtoilette passiere. Es ist die Zeitspanne, in der ich das Abteil verlassen habe, überall sein kann, außer an Nadjas Seite.
Der Zug bewegt sich in Richtung Osten. Unwillig nehme ich die Abteile wahr, die an mir vorbeihuschen. Stroheim in der Kneipe betrachtet die Striche auf seinem Bierdeckel. An seine Augenfarbe erinnere ich mich nicht. Ihn stört, daß einige Striche länger sind als andere, tief eingegraben den Rand des Deckels verletzen. Stroheim möchte wörtlich: Die barbarische Notation monieren. Ich verlasse unseren Wagen, die Schleuse ist voll Fahrgeräusch und Kälte. Stroheim lächelt, Nadja kämmt ihre nassen Haare (mmssaa). Ich frage Nadja, Stroheim, zwei Franzosen, mich selbst auf dem Weg zur Toilette, Stroheim in der Kneipe, Nadja zu Hause, mich möglicherweise bei Nadja, Stroheim am Tresen: Können Gefühle jenseits von Worten falsch sein? Der Wirt beugt sich in der unmißverständ-

lichen Absicht vor, ein erotisches Detail zu erzählen. Ich verlasse unseren Wagen, die Schleuse ist voll Fahrgeräusch und Kälte. Nadja kämmt ihre nassen Haare. Stroheim steht auf und füttert einen Spielautomaten ohne Leidenschaft. Wir wissen, daß jeder Schaffner bereit ist, uns zu versichern, daß das Leben sich wiederholt. Ich öffne eine Toilettentür, schließe sie aber schnell wieder, erschreckt vom Gedanken, mit dieser Schüssel, wenn auch nur durch den Strahl, in Verbindung treten zu sollen. Einer liest laut: Die Dauer des Koitus hat sich in den letzten sieben Jahren halbiert. Stroheim bestellt versuchsweise lautstark, und ein halber Strahl geht daneben. Ich überlege mir die ersten Worte Stroheims an Nadja, nachdem ich das Haus verlassen habe und er leicht angetrunken aus der Kneipe kommt: Wie war dein Tag? Ich schüttele mein Geschlechtsteil. Nadja sieht Stroheim an wie ein Kind, mit dem man aus irgendeinem Grund Mitleid haben muß. Stroheim weiß den Grund, ich weiß den Grund. Sie verreibt Lippenstift mit etwas Fettcreme, preßt dann ihre Lippen kurz auf ein Stück weiches Toilettenpapier. Vielleicht drückt sie den Teil des Bettuchs aus, den sie gewaschen hat.

Ich übertreibe: Mit großen Augen wird sie aufschauen. Mit langen Wimpern und großen Augen wird sie aufschauen. Weltbilder ändern sich mit der Anzahl der unordentlichen Striche in Stroheims Zeichnung oder auf Bierdeckeln. Lächerlich,

die Behauptung von der Ewigen Wiederkehr nun tatsächlich von einem Taxifahrer, welcher Stroheim endlich zu Nadja befördert, bestätigt zu sehen, der ›immer dasselbe‹ in seinen Bart brummelt, als ihm jemand die Vorfahrt stiehlt. Sodann lächelt Stroheim zufrieden. Oder der Taxifahrer schweigt, und Stroheim sieht ihn erwartungsvoll an.
Die Rückkehr: Es ist klar, daß ich mich nun in Fahrtrichtung bewege. Ich öffne und schließe die gleichen Türen. Vermutlich, um das Wort noch einmal zu strapazieren, trifft Stroheim mich noch bei Nadja an. Er steckt den Schlüssel ins Schloß, im selben Moment, da ich die Schiebetür des Abteils öffne. Im Taxi – nur noch ein paar Abteile von Nadja getrennt, oder irre ich mich im Wagen? – erkenne ich Stroheims Augen, ein faszinierendes helles Grüngrau. In der wirklich stattfindenden, durch keinerlei ortsübliche Knitterungen und Gabelungen in Frage gestellten und durch Zeugenaussagen in Ansätzen zu belegenden Realität, begebe ich mich in unser Abteil zurück und registriere schon durch die Glasscheibe, daß das französische Paar verschwunden ist, was mich erdenklicherweise erschreckt; ich hätte noch einiges zum von mir irrtümlich für ein Modemagazin gehaltenen *Le Valeur* zu sagen gehabt.
Ich öffne die Tür und setze mich, nun mit entleerter Blase bereit, mir vorzustellen, was geschieht, wenn Stroheim mich und Nadja in der Wohnung

überrascht, oder meine Gedanken wieder an der Hollywoodschaukel zu befestigen, oder mich wegen Stroheims von mir so ungebührlich beschriebene Zeichnung zur Rede stellen zu lassen, er aber öffnet seine Lippen und sagt mit einer Stimme, die kein anderes Adjektiv als gewöhnlich verdient: Das Schlimmste an Berlin sind die Winter.

Und dies, nachdem ich mich schon einige Sekunden im Abteil befinde und Nadja ungerührt aus dem Fenster geschaut hat. Nadja, du wirst einsehen, daß mir ein angeregtes Gespräch über Kunst zum Beispiel oder über in rätselhafte Beleuchtung getauchte Gewölbe lieber gewesen wäre.

Zweites Kapitel

Gerne hätte ich sie durch die Brennesseln geführt, doch sie trug Strümpfe, es mag eine Frage der Zähmung des Feuers sein, sie werden sich viel ersparen, wenn Sie verstehen, was Freud sich zusammengesponnen hat, der Rhythmus ist der Rhythmus der Füße, seit fünf Minuten spazierten wir zusammen am Bach entlang, nachdem ich sie nach einer Zigarette gefragt hatte, vielleicht ist also das Leben unendlich, aber das sind unzulässige Übertragungen, sie hätte meine Mutter sein können, dieses kleine zierliche Wesen, wir blieben auf der Brücke stehen, und ich spuckte ins Wasser, legte wie unabsichtlich einen Moment meine Hand auf ihren Hintern, sie ignorierte das, nichts Menschliches sei mir fremd, hörte ich jemanden sagen, ein Mann sah hinten aus meinem Kopf heraus, sah mich fragend an, über seinen Schultern endlos das Meer, nicht endlos, sondern bis zum Horizont in Höhe seiner Augen, mir schwindelte, ich bewegte mich nicht, um das Gesicht nicht zu verschrecken, wir tauschten unsere Namen, gingen weiter, ihre Blase drückte, ich fragte, ob ich sie abhalten sollte, sie lehnte lächelnd ab, kokett, ein andermal vielleicht, ich erzählte ihr von einem Schwangerschaftstest am Wehr und von unserer unverfärbten Begeisterung, Blut und Erlösung, sie ließ mich mit jeder Geste merken, wie jung ich war, sein sollte, ich formulierte Frau als Fixpunkt, formulierte Fels in der Brandung, formulierte zentrales Erlebnis, dafür sei ich auf der Welt, dafür sei ich nicht auf der Welt, alles hat einen Grund, nichts einen Sinn, Madame, Filzläuse sind wir, Filzläuse eines bösen Demiurgen, sie erzählte von ihren Vorlieben, und meine Unbefangenheit war leider nur verbal, sie liegt darin, daß die Geliebten in der Hölle ungetrennt bleiben, ein Hauch von der Gnade Gottes, um aus der Hölle erlöst zu sein, müßten sich beide aber trennen, ich wollte ganz Frankreich stehlen, um es an ganz Frankreich zu verschenken, der Rhythmus ist der Rhythmus der Hüfte, ausgelöst durch das schrecklich frustrierte und unterernährte Schreien der Vögel, wie in *Ada*, denn die Wahrheit bedarf der Wiederholung, bekam ich plötzlich Angst, flüchtete mich unter dem Vorwand, telephonieren zu müssen, in eine Telephonzelle, du triffst sie auf dem Gang, sie tut Gutes oder belehrt, füttert die Vögel, du greifst ihren Arm, sie sagt, sie sei älter, du hältst ihren Arm, er ist soundsoviele Jahre älter als der deine, sie spricht von Unmöglichkeit, von ihrer Gefährdung durch dich, selbst von Lebensgefahr, du legst deine Hand zwischen ihre Beine, sie preßt sie zusammen, verweigert sich, in ihrer Stellung sei es unvorstellbar, sie füttert weiter die Vögel, Madame wartete einige Meter vor der Zelle, ich stellte mir vor, sie hielte nach einem Freier Ausschau, sondierte die Männer, die an ihr vorbeigingen, ich legte auf, ging zu ihr, der Gedanke, sie in der Art eines Freiers anzusprechen, ging mir durch den Kopf, schlimm genug für das Holz, das als Geige erwacht, ich nahm mich zusammen, sagte, es ist etwas Schreckliches passiert, griff ihren Arm, ein guter Freund sei gestorben, sie schwieg, und das war mir angenehm, als wäre wahr, was ich sagte, wir saßen immer dort unten am Bach und sahen den Wolkenbildungen zu, ich dachte mir, jetzt müßte sie mich auslachen, auf der anderen Seite des Wehres saß öfter ein Mädchen, zu dem wir hinüberschauten, der Gipfel der Lächerlichkeit, wie er gestorben sei, ich schrie sie an, das sei völlig egal, die Nerven, so bieten sich die Toten den Lebenden als edelste Speise dar, ich hatte schon so etwas geahnt, mit trauriger Stimme, sie legte tröstend den Arm um mich; zusammen im Café, heller Nachmittag, abschätzende Blicke der Bedienung, ich möchte sagen, mein Freund ist heute gestorben, darf ich sie zu etwas einladen, bestelle aber schlicht zwei Bier, draußen beginnt es wie auf Verabredung zu regnen, er lag schon länger im Sterben, ich entzünde eine Sterbekerze auf dem

Tisch, sie nippt nur an ihrem Bier, ich befehle ihr, richtig zu trinken, ich töte die Fische, ich töte auch die Fische, die sie fängt, ich töte und zerschneide, weide im Bach aus, mit blutigen Fingern greif ich der jungen Mutter unter den Rock, unterdessen begannen einige reine und frische Gesänge in Konzerten und privaten Gesellschaften zu zirkulieren, es gibt eine Erzählung, die beginnt mit stillem Elend in einem Zimmer, so selbstverständlich, als wenn das nicht immer der Fall wäre, was ich von Kokain halte und von Sex und Kokain, ich kenne weder das eine noch das andere, und die Kombination von beidem ist mir gänzlich unbekannt, sie lacht, und ich sehe sie streng an, sie streicht mir eine Haarsträhne aus dem Gesicht, und ich drücke einen Daumen unter dem Tisch in ihre Kniekehle, will die Schmerzgrenze erreichen, aber sie verzieht keine Miene, ich lasse nach, ziehe meine Hand den Oberschenkel entlang zurück, sie hat Strapse an, sie spürt, daß ich das spüre, kann mich dem Reiz nicht entziehen, bestelle noch Bier und Whisky, die Tiger stürzen sich auf die Frau, wir warten auf die asymmetrische Schlange eines anderen Verlangens, sie trinkt ohne Widerrede, nein, diesen Jugendtraum werde ich mir nicht zerstören, durch diesen Schacht mußt du kommen, sie schaut tatsächlich verlegen auf die Tischplatte, denke schon in Verkleinerungsformen von ihr, keine Verharmlosungen, mir fällt ein Bierdeckel unter den Tisch, als die Bedienung zwei neue Gläser hinstellt, diese fürchterlichen Füllsel das ganze Leben lang, Angaben über den Schlaf, die Intensität des Lichts, die Jahreszeit, Anzahl der Töchter, Name des Schiffes, philosophische Betrachtungen zur neuen Musik, Wassertemperatur, überholte Pläne, Akkordfolgen, Kannibalismus und Scriabin, wobei letzteres am wenigsten langweilt, ich habe dagegen nichts einzuwenden, bestärke sie aber nicht in ihrem Ressentiment, um ihm nicht zum Opfer zu fallen, ich bücke mich unter den Tisch, die Frauen fallen über den Tiger her, das sind alles Ordnungen und Ordnungsvorstellungen, die der Welt nicht gerecht werden, ich sehe, wie sie langsam die Beine öffnet und sich mit den Händen an den Schenkeln entlangstreicht, diese Stammhirnkaschierung erträgt doch kein Mensch, ich tauche auf, habe den Bierdeckel vergessen, sinngemäß, wenn ich alt bin, werde ich mich der Malerei widmen, die Bedienung hat nichts zu tun und uns scharf im Auge, wohl auch wegen meines ungerechtfertigt langen verträumten Abtauchens, Madame legt eine Hand zwischen meine Beine und macht einen Schmollmund, es mag eine Frage der Zähmung des Feuers sein, sie öffnet den Reißverschluß, die Werke reagieren auf das direkte Leiden am dialektischen Zwang, alles im Leben ist selbstverschuldet, davon bin ich in diesem Augenblick einmal mehr überzeugt, ich zwinge eine Hand durch ihren Gummibund, taste mich vor und hinunter, zu Beginn und am Anfang ist nichts, bevor die ordnenden Kräfte sich Bahn brechen, wir vergrößern die Summe, zählen hinzu, meterhohe Flammen schlagen aus dem Gebälk, das kann kein Mensch spielen, nur der, der's spielt, die Forellen beißen, fraglos tun wir, was wir nicht lassen können, und lassen, was wir hier nicht tun können, die Thekenfrau räumt ab, läßt mich unter ihre Arme, nimmt meinen Wunsch entgegen, man braucht nicht viel Phantasie im Leben, sage ich, als sie gegangen ist, wir laufen zum Auto, ich ergebe mich meinem Schicksal, wir klagen die Menschenrechte ein, berauben uns unserer Kleider, nach kurzer Fahndung ein Finger in ihrem Schritt, das Wegrecht über ihr Land, ich werfe mich in sie hinein, ihre kleinen Füße sind gegen das Autodach gestemmt, der Rhythmus ist der Rhythmus der Schläge.

Drittes Kapitel

– Im Theater werde ich vor Unzufriedenheit anfangen zu stinken. Nadja, ich unterhalte mich nicht mit dir, wenn du am Klavier sitzt.
– Wie du willst, Liebling.
– Geh allein ins Theater.
Es sei nie die Rede davon gewesen, daß er mitkommen solle. Wieso? Ein beliebter Effekt, die Schlußkadenz nicht auszuspielen, aufzustehen, Stroheim in den Arm zu nehmen und ihm die finale Antwort ›daso‹ zu erteilen.
– Ich habe nicht die geringste Ahnung, aber der Protagonist, ein junger Schauspieler namens Frederic, der sich selbst darstellt, wirft in der ersten Szene mit einer Bierdose nach einem Papierkorb, trifft nicht und sagt: Das ging daneben, wie vieles in meinem Leben.
– Sofort ein Kind?
– Ja, mich braucht man nur anzuschauen, schon werd ich schwanger.
Nachdem Stroheim befand, daß seine Eichel bei zurückgezogener Vorhaut nach dem Duschen aus-

reichend, hinreichend getrocknet war, zog er sich eine Unterhose an.
Es scheint bemerkenswert, daß es wieder der Kater Nurejev war, der dem Abend die entscheidende Wende gab und einen Strich durch Nadjas Theaterpläne machte, indem er sich entschied, seinem schlechtgelaunten Alter durch eine Bewegung seiner Vorderpfote bei ausgefahrenen Krallen Ausdruck zu verleihen, und Nadjas Wade, durch die er sich anscheinend provoziert fühlte, zu streicheln, und zwar so, daß er ihre Haut nicht verletzte, kaum berührte, allerdings einige Fäden ihrer Strumpfhose zerriß, was zu dem bekannten und gefürchteten Phänomen der Laufmasche führte und den Abend zugunsten Stroheims entschied.
Stroheim war seinem Kater dankbar und öffnete eine Flasche Sekt.
– Auf Theatertoiletten sollen ja die tollsten Sachen passieren, besonders, wenn blutschänderische Stükke in konventionellen Inszenierungen gespielt werden.
In diesem Moment mutierte Nadja zu einer Halbwüchsigen der französischen Provinz, ihr Vater klammerte sich an sie.
– Nadja, die Bühne ist im Gegensatz zum Film eine Hure des Augenblicks. Ich bin dein, wir sind dein, wer spricht so? Wir trinken Sekt, ich spekuliere auf deine kleine Handtasche, und wir tauchen an anderer Stelle wieder auf. Nadja, was heißt

schon Handlung, und was hat Schnitzler darüber gesagt, was deine Strumpfhose anbelangt, sie war fürchterlich, glaub mir, außerdem sind die analytischen Ansätze Unfug, Orange oder Organe; ich lasse sie mit seiner Exfrau ins Bett gehen, sie wird fragen: Was tust du hier. Antwort: Ich suche meinen Mann. Worauf beide in Lachen ausbrechen. Es verhält sich wie mit der Allgemeinbildung, schon seit der Antike: Sie besitzen, um zu erkennen, daß man sie nicht braucht. Die Handlung. Frederic, der dir bestimmt schon ein Kompliment über deine bedruckte Strumpfhose gemacht hat, wird enttäuscht sein, dich heute abend nicht zu sehen.

– Es heißt, für meine Strumpfhose, im übrigen hast du recht. Dein Problem liegt in der Unfähigkeit, die Heldin, ›Mama ist tot‹, sagen zu lassen, worauf der Vater vom Sessel kippt und schweigt. Sich alkoholischem Schweigen anheimgibt.

Schon der Name legt eine Teilung, eine Verdopplung nahe, also teilte oder verdoppelte sich Nadja, sie schuf drei Bahnen und bot den Stoff für eine längere Erklärung Stroheims, der sie fragte, ob sie Frederic auf Herz und Nieren geprüft hätten, ob er Schnitzler gelesen habe.

– Denn, liebe Nadja, man muß doch in Form des Reigens ausschließen können, daß Menschen, luftige Wesen sich paaren, die Schnitzler nicht gelesen haben.

Nadja reagierte nicht, und Nadja lächelte müde

oder erwartete verwirrt etwas anderes als den Monolog Stroheims:

– Du wirst dich den folgenden zweihundertsechsundvierzig Worten nur begrenzt entziehen können, und du weißt, was dann geschieht. Du wirst einiges wiedererkennen, anderes gar nicht, anderes wird dir nur bekannt vorkommen, in Wahrheit aber unbekannt sein. Ebenso verhält es sich mit dem Verstehen. Nadja, ich verabscheue Leute, die im Hof radfahren, so sehr, daß ich mit dem Gedanken spiele, Frederic mit einem Fahrrad auf der Bühne herumfahren zu lassen, dabei räsoniert er im Sozialistensinn. Vielleicht spricht er die nunmehr hundertvierundsiebzig Wörter, vielleicht legt er es wie ich darauf an, mit dir zu schlafen. Frederic ist aber ein Trottel, dem ich wie allen Trotteln einen Stein anhänge. Er wird für mich das Verbrechen begehen und für dich. Benutzen wir also ruhig weiter den Namen des unwichtigen Transparenzschauspielers. Das Verbrechen wird erdacht, es handelt sich um einen Eifersuchtsmord, eine Art Hinrichtung. Es bleibt der Respekt vor der Fülle des Materials und der sauberen Ausführung des Verbrechens, der perfiden Gedächtnisleistung. Nadja, deine Beine, dein Haar werden noch heute abend mein sein. Es geht die Legende, am Gang sei die Paarungsbereitschaft der Frau zu erkennen. Noch einmal: Das Verbrechen bedarf keiner Erklärung und keiner Aufklärung, und Frankreich wird sich in

acht nehmen müssen. Die französische Psyche wird sich als anfällig für diesen Film erweisen. Einen Moment noch kehre ich dir den Rücken zu, dabei scheinst du zu schlafen.
Ihr schlaft. Wie könnt ihr schlafen. Steht auf und betet, damit ihr nicht in Versuchung geratet. – Nun wird alles sehr schnell gehen, die Strumpfhose wird der Laufmasche entlang aufgerissen.

Stroheim über die Liebe – Teil Eins

Ich wünsche einen guten Morgen, wir sind das Ergebnis einer sehr langen, aber plan- und vernunftlosen Geschichte, und unser Lebensraum ist die Großstadt. Früher existierten Tiger so groß wie Ochsen, und die Vorstellung von der Welt war eine andere. Nicht beobachtbare Sprünge täuschen immer einen großen Sprung vor. Als gäbe es eine solide Hypothesenbildung in Form eines Gehirnausgusses. Ich bin kein kleinköpfiger Schausteller, und der Mensch ist vermutlich nicht das Ziel der Evolution. Dennoch dünkt mich, mehr zu sein als ein blindes Lebensprodukt mit deinem Namen als Ziel meiner Existenz.

Ein Mann soll Wanderjahre erleben und gesättigt sein, wenn er heiratet. Denke dir den heutigen Geliebten als künftigen Feind. Höre nicht auf die

Haupt-, sondern auf die Nebensätze. Gattenwahl ist gut betrieben, wenn man der fixen Idee der Liebe widersteht.

Laß dich nicht mit Berufssoldaten, Seemännern, Friseuren, Herrenschneidern, Kellnern, Schauspielern, Bademeistern, Masseuren oder Krankenpflegern ein.

Mit der typischen Verlogenheit eines Ästheten sage ich, und dies könnte wohl für ein Stück herhalten, ich sage: Sainte Gide starb nach langjähriger Ehe als Jungfrau, während, man beachte dieses während, während er atheistische Bücher schrieb.

Das wichtigste Kennzeichen des Masturbanten ist sein Händedruck, der steif, kalt und ängstlich ist. Die Hand wird rasch wieder zurückgezogen, als könnte der andere bemerken, daß sie zu schmutzigem Tun verwendet wird. Der Masturbant ist ein idealer Beamter, der nur zu leicht als gute Partie angesehen wird. Ein Mädchen sei also mißtrauisch, wenn ihr ein junger Mann als besonders wohlerzogen und solide vorgestellt wird.

Dein Leben wird in Zukunft den grausamen Bedürfnissen des Genies geopfert, schwierige Männer sind keine schlechten Männer, sie sind oft, wie in meinem Fall, Einzelgänger von hoher innerer Kultur.

Liebe Nadja, ich kenne euer Geschlecht: Frauen teilen ihre Bedürfnisse, ihr liegt euch in den Ar-

men und stellt fest, daß die Frau doch viel appetitlicher ist als der Mann, nichts verstehe ich besser.
Nadja, ich erinnere nur an die Frauenrechtlerin Lily Braun, die als Tochter eines preußischen Generals einen Mann heiratete, der erstens Jude und zweitens Antimilitarist war, und mit ihm einen Knaben zeugte, der, ein Wunder an Begabung und Charakter, im Alter von einundzwanzig Jahren im Ersten Weltkrieg fiel, und dessen Schriften als Nachlaß eines Frühvollendeten erschienen.

Wenn die Frau über die Kinder klagt, gebe der Mann ihr recht, wenn sie über ihn Klage führt, so lasse er sich wortlos hinrichten; zerschlägst du menstruierend Geschirr, so multipliziere ich es mit zwölf und rechne es ins Jahresbudget ein.
Der Mann behauptet, nichts nie wieder tun zu wollen und tut es wieder, alle sind gleich. Ich sitze vor dem Fernseher und bin nicht fortzubringen, ehe der letzte Ball durchs Tor geschossen. Hüte dich, mir andere Männer vorzuhalten, du hast einen Dackel genommen, also verlange nicht, daß er springt und bockt wie ein Dobermann. Die Männer toben durch die Geschichte. Napoleon tobte, und über diesen tobte Beethoven und über diesen Toscanini, laß auch mich toben. Die Welt des Mannes, meine Welt, ist arm geworden an Abenteuer. Ich wohne nicht auf einer Burg, ziehe morgens

nicht auf stampfendem Pferd in glänzender Rüstung ritterlichen Taten entgegen, mit der Aktentasche in einem fahrplanmäßigen Zug fahre ich in ein Büro, mein Büro, meine Welt ist entgöttert. Ich liebe Kartoffelbällchen, die in geriebenem Brot gewälzt sind, und komme mir nie mit dem Argument, Petersilie sei gerade im Angebot. Und morgens möchte ich meine Zeitung lesen, bitte schön, und Morgenschlaf hat mir noch nie geschadet, und unsere Liebesnächte sollen auch in Zukunft festliche Stunden sein in der Prosa des Alltags.
Und trage deine besten Strümpfe, und das sind nicht die mit den italienischen Worten, nicht in der Eisenbahn, damit der Mann dir gegenüber lüstern deine Waden betrachtet, sondern trage sie für mich, ich fahre ein ganzes Leben lang mit dir.

Viertes Kapitel

Alles also in Bewegung bringen, wie sie ständig in Bewegung ist zwischen mir und ihm, den Wagen starten (der Mann sah mich prüfend an, vielleicht kann ich ihnen helfen; er schrieb mir eine Adresse auf einen schmierigen Zettel; der Ort lag weit draußen). Nadja, soundsoviele Tote in diesem Jahr auf dieser Straße, ein guter Jahrgang. Anstatt mich den wirklichen Problemen zuzuwenden, mache ich sie verrückt mit meiner mehr krankhaften als kindischen Eifersucht, später unschöne Geräusche beim Zurückschalten in den zweiten.

Nadja kam am späten Nachmittag, und ich dachte über die Entfernung vom Tisch zum Bett und vom Bett zum Stuhl nach, ich dachte, daß es Handlungen gäbe, die so selbstverständlich sind, daß sie mit dem Leben nichts zu tun hätten. Tatsächlich dachte ich wie oft über den Ausblick aus meinem Fenster auf den Hof nach, über die hohe Decke meines Zimmers, während Nadja – eine Gurke schälte, sie in dünne Scheiben schnitt, Sahne und Essig darüber goß, Salz Pfeffer Curry – etwas tat. Ich dachte mir, daß die zu geringen Entfernungen zwischen den Dingen – Tisch Bett Stuhl – und der Hofblick einen Menschen auf die Dauer verrückt machen müßten. Um mich zu vergewissern, ließ ich mich wieder aufs Bett fallen und starrte an die Decke, fixierte einen Punkt – ein Zelt, in den Hügelketten herrschte Krieg, der Grenzfluß war rot vom Blut der Erschlagenen. Ich fragte, warst du bei ihm, hatte plötzlich das Gefühl, es in diesem Zimmer nicht mehr auszuhalten, mich unbedingt und sofort ins Auto setzen zu müssen, durch bekannte Landschaft zu fahren, nichts zu sehen als den Straßenbelag oder den Himmel. Ich ersparte mir die Plumpheit und fragte, wie war dein Tag, legte eine Hand auf ihre Brust, und mir war flau im Magen, ich dachte an seine Hand auf ihrer Brust, und der Moment war schmerzlich, so daß ich mir, um alle mit Stroheim zusammenhängenden Gedanken aus dem wahrnehmbaren Bereich hinauszuschieben, auf das Wangenfleisch biß. Ich schmeckte Blut – irgendwo kämpfte man mit groben Schwertern –, dachte, während ich sie an der Hand aus dem Zimmer zog, mir den Autoschlüssel vom Haken angelte, daß einige Aussagen die Geschwindigkeit betreffend, die ich in einem englischen Artikel gelesen hatte, ins Deutsche übersetzt all ihrer Qualitäten beraubt wären.

Der wichtigste Vorteil eines offenen Wagens besteht ja in der Möglichkeit, nach oben, in den Himmel, in die Sterne – den Raum zwischen den Sternen – zu sehen, auf gerader Strecke dabei das Lenkrad loszulassen. Die Intensität nimmt mit dem Verstreichen von Zeit und Wegstrecke zu, bis Nadja, die einen Moment versonnen auf den Fluß geschaut hat, die Situation registriert und mit einem Aufschrei, aber doch beherrscht genug, um keinen Schaden anzurichten, nach dem Steuer greift und mich aus meiner Totenmesse reißt. Ein Autounfall, sage ich ihr, hat ja überhaupt nichts Schlimmes. Sobald man die Kontrolle aus eigener Schuld oder durch die Schuld eines anderen verliert (gesetzt den Fall, die Geschwindigkeit ist hoch genug und die Harmlosigkeit des Unfalls nicht schon im Moment des Geschehens abzusehen), beginnt eine Reise, bei der die Bewegung richtungslos wird, sage ich Nadja, beide Hände fest am Steuer, im fünften Gang mit federleicht niedergedrücktem Gaspedal bei zweitausendvierhundert Umdrehungen, so wie es am besten ist. Material, sage ich, Blech, Stahl, Fleisch und Knochen sind nicht mehr ihrer Form unterworfen, jede Veränderung scheint möglich. Und das herrlichste geschieht mit der Zeit, die sich dehnt und zusammenzieht, wie es unserem geschockten Hirn gefällt. Die letzten Möglichkeiten der Wahrnehmung, sage ich laut zu Nadja, während ich den Wagen in einer Idealkurve beschleunige, zeigen sich ohne eigenes Zutun. Ein Schleudern, ein Aufprall, kurz bevor es einen selbst betrifft, scheinbar minutenlang. Obwohl alles ja nur Bruchteile von Sekunden dauert. Ich sage noch, wenn alles stillsteht, hat alles neue Formen angenommen, denke, man ist entsetzt, bevor der Schmerz oder der Gedanke, Glück gehabt zu haben, oder der Gedanke an einen anderen Verkehrsteilnehmer oder an die eigenen Beine, die man nicht mehr spürt, oder an Stroheim einen wieder in die Wirklichkeit, die man als normale Wirklichkeit oder besser Wirklichkeit mit einem gemeinsamen Nenner bezeichnen kann, zurückschiebt. Ich sage zu Nadja, das Pedal durchgetreten, der Motor beschleunigt noch, es wundert mich, daß es nicht mehr Menschen gibt, die sich in das Licht eines entgegenkommenden Wagens stürzen wollen, nur um einmal zu wissen, wie das ist. Ich erinnere mich, ihr des öfteren gesagt zu haben, daß es mich wundert, daß nicht mehr passiert, es nicht noch viel mehr Verkehrstote gibt. Ich sehe Nadja an und schreie, das Autofahren ermögliche die Kunst der Ablenkung des Blicks, und nichts zerstöre so schön und erbarmungslos die Logik der Chronologie der Ereignisse wie ein schlimmer Autounfall.

Kam ich auf Stroheim zu sprechen, wehrte sich Nadja, indem sie begann zu psychologisieren, was ich haßte, sie fragte immer wieder, woher meine Verzweiflung – so nannte sie es – käme, meine Verzweiflung müsse auf eine ältere Verzweiflung zurückgehen. Ich sagte ihr, sie stelle die falschen Fragen, das alles habe nichts, aber auch gar nichts zu tun mit trocknenden Algen, Abwasser, vorzeitig im Bier vergreisten Gedanken über eine Dame mit Hund (später ohne Hund), nichts mit meiner Mutter, nichts mit meinem Vater (der war mein Freund, er vergrub meine Nachgeburt im Garten), meine Kindheit war die unproblematischste, keine dunklen Saaten von Tod und Demut, keine Freundin, die sich aus Protest gegen die Weltordnung unvorteilhaft anzog, keine Verzweiflungsrufe gegen die Brandung des Bächleins, keine Frau als Hafen des Elends, keine Feste des Geschlechtshungers, keine unausgegorene halbherzige halbhirnige Begabung (Wie die meines Onkels zum Beispiel, der aus Verlegenheit über seine zeichnerischen Versuche nebenbei Pfarrer geworden war und seine Chagallepigonien zugunsten hungernder Kinder verkaufte, wie er sagte, könne er nur verstehen, was er sehe, das sei sein künstlerischer und religiöser Leitspruch, mit dem er sich gegen abstrakten Unsinn wappne, er betonte seine Progressivität, die schon auf Widerspruch in der evangelischen Kirche, die aber doch die beste aller Kirchen sei, mit einem Anflug von Ironie um der Ironie willen, gestoßen sei; sein ganzes windschiefes Gedankensystem verbreitete er bei zahlreichen Vernissagen im Gemeindehaus unter die Gäste, die Lokalpresse jauchzte dermaßen über den Gottesmann, der von Kunst und

Religion und von Geschlechtsgenuß sprach, daß er in seinen wildesten Überschätzungen laut darüber nachdachte, seinen Christus, sein, wie er sagte, weltliches religiöses Amt an den Nagel zu hängen), nichts dergleichen.

Einmal formulierte ich, meine Vergangenheit sei glatt wie ein Babyhintern (besser wie der Hintern einer jungen Schwarzen). Mit solchen Gedanken, eine Sonnenbrille auf der Nase, grinste ich aus für Nadja nicht ersichtlichem Grund. Warum auch von Worten ausgehen, um Sachen zu definieren?

Statt dessen müssen wir einige Realität im Hirn aussitzen, was passiert, wenn einer mit dem anderen spricht, bei hundertneunzig, keine Fragen an den Fahrer richten, seine Logik ist reversibel, man kann sie auf seinen Darm reduzieren. Wir fahren dem Jüngsten Gericht davon, meine juristische Weltsicht: Leibesfrucht §§ 218 ff. Mensch §§ 211 ff. Leiche § 168, Heimtücke im Straßenverkehr ist die Ausnutzung der Arg- und Wehrlosigkeit in feindlicher Willensrichtung. Liebe Nadja, rational bin ich allen Einwänden gegen meine Eifersucht zugänglich, allein, sie erreichen mich nicht. Später, bei einem Bier unter Kastanienbäumen, werde ich sie fragen, ob der erste Eindruck seiner Dauerhaftigkeit und Stärke nach es unmöglich macht, ihr etwas mir Glasklares auch nur in Grundzügen zu verdeutlichen. Ich werde ihn also töten, eine beschlossene Sache, eine beschlossene Sache ist eine

Sache mit unbestimmtem Aufschub. Als seien über mich hinweghuschende Schatten von Blättern der Weisheit letzter Schluß. Stelle ich mir einiges vor, das in seinem Leben eine Rolle spielt, versuche ich alles, um Stroheim herabzusetzen, und weiß, bevor ich zu sprechen anfange, daß ich bei Nadja nur das Gegenteil erreiche, unterstelle ihr, ihm zu verfallen, sage, Stroheim sei ein Mensch, der in seiner Jugend Nietzsche zu nahe getreten sei und sich nie mehr davon erholt hätte, was Unsinn ist (wir kennen uns kaum). Wenn ich die richtigen Wörter fände unter den Kastanien, die keine Nußbäume sind, Nadja, verstehe mich nicht falsch, aber verstehe mich, verabscheue ich doch das feiste Medizingelächter auf dem Gang, warum lassen sie mich nicht in Ruhe und gehen Tennis spielen? Wie weit können wir das treiben, ohne uns zu zerfetzen? Klaren Geistes in die Fiktion fallen, das ist so verrückt, die sich bewegende Landschaft, daß es niemandem mehr auffällt. Sind alle Dinge doch gleich groß, in den blauen Gewändern des Wäschezimmers, nicht so geringschätzig, bitte, auch bei hohen Drehzahlen Ordnung und Ruhe bewahren, irgendwann Zurückschalten in den Zweiten.

Cluster von Mücken hatten sich auf der Windschutzscheibe gebildet, und nun auf dem Weg zur Brauereiterrasse, den wir tatsächlich Hand in Hand zurücklegten, flogen ihre Artgenossen unsere Augen und Nasenlöcher an. Die Kellner in diesem Biergarten sind so selten, weil sich einige Mansardenbewohner einen Spaß daraus machen, mit kleinkalibrigen Waffen (Schalldämpfer) auf sie zu schießen. Nadjas müdes Lächeln. Nadja, die Säulen der Erde und die Säulen des Himmels fußen im selben Grund, so erklärt sich die Konstruktion dieser herrlichen Anlage. Unter unseren Füßen reift das Bier vom Wurzelwerk umschlossen. Und für mich als Bewohner des Tales ist das Tal die ganze Welt. Wir sollten weggehen, zusammen weggehen aus dieser Stadt, der Haupt- und Stroheimstadt, die nicht im Tal liegt, wir sollten in ein Gebäude ziehen, dessen Obergeschoß mit blaulasierten Ziegeln verkleidet ist. Ich trank und schmeckte Erde, Nadjas ganze fürchterliche Schönheit vor Augen. Wir rauchten und hielten uns über dem Tisch bei der Hand. Es dämmerte, und ich haßte den Gedanken an die drohende Nachtwache, legte es darauf an, mich zu betrinken.

Ich trank, und Nadja erzählte irgend etwas von einem Film, von dem es, und die Reihenfolge sei das Bemerkenswerte, nun eine Theaterversion gäbe, die Theaterversion eines Roadmovies, ich achtete aber kaum auf das, was sie sagte. Unter den Kastanienbäumen ist alles auf angenehme Weise einfach, sagte ich mir. Alles ist in den Atem der Brauerei getaucht. Der Plan sieht vor, daß ich Nadja bei einer Freundin absetze, mit der sie den Abend verbringen wird, während ich im Dienst alte Zeitungen und Illustrierte durchblättere, aber vielleicht werde ich auf der Rückfahrt alles übertreiben.

Die Nacht war fürchterlich. Jedes Klopfen und Scharren, Husten oder Türenschlagen setzte meinen Angstapparat in Bewegung – es ist Stroheim, der sich aus Nadjas Bett erhebt, sich anzieht –, die roten Zahlen der Digitalanzeige des Weckers erhellten die Kammer in minütlich wechselnden Abstufungen.

Nadja im Bett, sie steht auf, hat ein Nachthemd an, schlüpft in Herrenpantoffel, geht aus ihrem Zimmer in die schäbige Eßküche, setzt einen Kessel Wasser auf, entfacht Glut im Ofen, läßt einen Kater herein, füttert ihn, ein Mann trägt eine weiße Unterhose und ein Schlafanzugoberteil, seltsamerweise fragt er: Mußt du nicht zur Schule? Nadja dreht sich nicht zu ihm um und sagt: Es sind doch Ferien.

Sie gießt Kaffee auf, schenkt zwei große Tassen ein, die schon auf dem Tisch stehen, sie geht wieder in ihr Zimmer, die Tür bleibt angelehnt, der Mann hat sich eine Hose angezogen, schaltet ein kleines Radio ein, späht in ihr Zimmer: Nadja von hinten, sie zieht sich einen Slip an.

Dann eine Brücke. Eine Brücke über eine Schnellstraße.

Kissen und Federbett riechen nach Mensch und Seife. Wie weit darf man sich als Elfjähriger der

Schönen auf dem Gehweg nähern? Ich laufe nicht zum Feind über, der Feind läuft zu mir über. Als sei meine Kammer eine Zelle, wo ich doch der Bewacher bin. Ich bewache aus Gründen des Broterwerbs. Das gesammelte Werk Platons in meiner Kammer. In der ersten Dienstnacht, das erste Buch aufgeschlagen mit dem Vorsatz, in allen folgenden Dienstnächten Platon zu lesen. In Wahrheit aber nie mehr hineingeschaut. Nun im Halbschlaf vom Ehrgeiz hin und her geworfen, Platon zu lesen, den ganzen überlieferten Platon. Gerade in dieser Männernachtstatt, einer sprichwörtlichen Antiakademie. Schaltete man den Fernseher ab, gäbe es Mord und Totschlag. Zur Seite gekippt. Gelb. Was jetzt nicht passiert, ist gelb – Menschen und Tiere, mit denen ich nichts zu tun haben möchte. Nadja, es gibt keine Bücher.

Nadja: Meinen Sie, das steht mir? Verkäufer: Es steht dir ausgezeichnet. Nadja: Es ist nicht billig. Verkäufer: Darüber läßt sich reden. Nadja erklimmt eine Böschung. Dort erwarten sie sechs Jugendliche. Sie starren Nadja an. Nadja schubst den Jungen, der ihr am nächsten steht, weg und geht. Nadja zieht sich einen frischen Slip an. Nadja dreht sich nicht um und sagt: Es sind doch Ferien. Nadja: Meinen Sie, das steht mir. Stroheim: Es steht dir ausgezeichnet.

In Wahrheit weiß ich nicht viel über Stroheim. Laut Nadja hat er wohl im Alter von fünfunddreißig Jahren, ein Alter, über das sich nichts sagen läßt, begonnen, das zu tun, was er von da an als seine Arbeit bezeichnet hat. Er begann also mit Aufzeichnungen, die er als Studien zu einem Drehbuch ausgab. Er hat immer wieder von einem Drehbuch, einem französischen Drehbuch, einem Drehbuch für einen französischen Kriminalfilm gesprochen, wie er überhaupt viel über Frankreich gesprochen hat, die allergrößten Menschen seien Franzosen gewesen, nie Menschen von hier, und eine gewisse Francophilität sei unbedingt notwendig, um hier zu überleben. Um wieder etwas über Nadja zu erfahren – denn ich habe mich in kurzer Zeit derart an sie gewöhnt, daß es mir fast unmöglich ist, sie zu beobachten; ich glaube immer schon zu wissen, wie sie etwas tun wird, was sie sagen wird und was sie dabei denkt – versuche ich mir über Stroheim Klarheit zu verschaffen, denn mich plagt der naheliegende Verdacht, daß Nadja mich betrügt, daß sie mit Stroheim das tut, was man als Betrügen bezeichnet.
Das Wort Nadjas über Stroheim, in einem Moment gesagt, der zu den wenigen Momenten gehört, die nicht wiedergutzumachen sind, Stroheim könne mein Bruder sein, habe ich mir gegen meinen Willen zu eigen machen müssen.
Betrete ich ihr Zimmer, legt sie schnell den Hörer

auf, möglicherweise hat sie sich mit dem Telephon im Bad eingeschlossen, behauptet, auf der Toilette zu sitzen. Ich rauche dann eine nach der anderen und konzentriere mich ganz auf Stroheim.

Fünftes Kapitel

Stroheim über die Liebe – Teil Zwei und Schluß

Nadja, der Zungenkuß ist die intimste Vereinigung zweier Menschen außerhalb der wirklichen Vereinigung und wird daher in manchen Gegenden, namentlich in Frankreich, als Ersatz für den Geschlechtsakt zwischen jungen Leuten als eine Art nationaler Volkssport betrieben.

Alles, was die Menschenkinder miteinander allein tun oder lassen, ist Gewohnheit. In der Urzeit kam ich zuweilen abends mit dem Kopf des Nachbarn nach Hause, und in Irland servierte man mir die Mutter der Braut an der Hochzeitstafel als Braten.

Wir berühren die Frage nach Kunstwerken und Stellungen. Die Reitlage erscheint also schon prähistorisch, und die prähistorische Frau hockt und sitzt auf dem prähistorischen Mann, und sie verkehren, und das Glied erreicht den prähistorischen Gebärmutterhals, dessen Berührung auch heute noch vielen Frauen starke Lust bereitet. Der müde Mann kann so genommen werden. Und ich genieße den Zustand der Verzückung aus idealem Abstand, wobei die Aussichten für eine Befruchtung denkbar schlecht sind.

Die Frau, die nicht zum Orgasmus kommt, die daheim nicht dazu kommt, gehe zum Arzt oder schlafe außer Haus. Die Frau empfindet leider mehr als der Mann. Neunmal mehr, behauptet die Antike.

Bewahre du, liebe Nadja, die Illusion, daß du ein Geschöpf aus einer höheren Welt bist. Dies alles ist nicht leicht in den modernen unerotischen Wohnungen, die keine Frauengemächer haben.
Versuche, solange es geht, meine Geschlechtskraft zu erhalten, füttere mich gut.
Später erfahre ich, daß die Frauenbrust nicht für mich gemacht ist, sondern für einen Säugling. Törichte Frauchen laufen zum Doktor und nehmen jede der weißkittligen Antworten so wichtig, als hätten sie am Sinai mit Gott gesprochen. Und ich soll also beim Verkehr vorsichtig sein, wo doch Kinder in Planwagen schlafen, mit Achsenbruch, oder auf dem Rücken der Mutter, die Tonwaren feilhält, und wenn der Balg es irgendwann als selbstverständlich erachtet, daß ich seine Spielschulden zahle, was dann?
An chinesischen Flüssen liest man Schilder, die das

Ertränken von Mädchen verbieten. Und wenn ein Volk heute noch ein Verfahren anwendet, das schon in der Bibel erwähnt wurde, dann ist es gut.

Aber jetzt bin ich todmüde und habe nichts anderes im Kopf als meinen kleinen Sportwagen. Auch du hast dich völlig verändert. Früher hast du dich hübsch gemacht und sahst schön aus im rosa Licht deiner Nachtlampe, die eines Tages zerbrochen ist, und du hast sie nicht reparieren lassen. Soweit ein Blick auf unsere Zukunft.

Zu viele Jahre sind damit vergangen, daß ich gegen den sündigen Trieb gekämpft habe, ich bin nun Kriegskrüppel, seelisch selig verkrüppelt in den Gräben meiner Nadjaschlacht. Nadja, die Zeit ist schlecht, es gibt keine erotischen Parks, in denen man sich treffen und bei Bedarf ungestört eine Katze beerdigen könnte, nur Bürgerparks, in denen Polizisten zu zweit patrouillieren. Es gibt keine eleusischen Feste, nur Vereinsfeste, die Liebe schleicht als Sünde über die Hintertreppen. Dies ist keine geschlechtsfreudige Welt.

So wie ein Forscher den Protonen nachstellt, als gäbe es nichts Wichtigeres, bis er weiß, was die weißen Streifen auf den photographischen Platten zu sagen haben, so gebe ich keine Ruhe, bis ich weiß, ob die vollblütige Frau des phlegmatischen

Postmeisters zu haben ist, ob es schwer sein wird, und wie sie sich im Bett verhält. Unterhalb des Nabels kann niemand sündigen, geht ein weiser Spruch.
Der Begabte reagiert sich durch die Sportschau ab oder baut seiner Tochter eine Schaukel; er ist ein Muster moralischen Lebenswandels und erzählt die besten, die köstlichsten Herrenwitze, die bei Pfarrern so beliebt sind.

Die Insulaner brachten mir seinerzeit ein Weib, das nicht Nadja war, und ich lehnte ab, daraufhin berieten sie und entschieden, daß ich ein hoher Herr sei, und sie brachten mir drei braune Mädchen, die nicht Nadja waren. Auf die Idee, daß ich, ein erwachsener Mann, meinen Geschlechtstrieb nicht stillte, sondern einem Phantom opferte, kamen diese gesunden Menschen nicht.
Männer sprechen von Frauen, wie Lämmer von Löwen wispern.
Gnade uns ein Gott, wir sind das Geschlecht der Wüste.

– Obwohl er sehr müde war, sagte Stroheim noch folgendes:

Überich, Ülzen von, Unterich (subego), Unfruchtbarkeit, Unterschiede zwischen Mann und Frau, Unterwäsche, Untreue, Vagina, Venusberg, Verdrängung in der Psychologie, Verlobung, Auflösung einer, Versanden des Liebeslebens, Versprechungen, Wertlosigkeit derselben, Verstehen als Eigenschaft der Frau, Vorspiel

– Dann sagte er:

Wahlverwandtschaften, Wechseljahre, Wellington, Weltschmerz, Werbetrieb, Walt Whitman, Wiederverheiratung

– Sagte:

Xanthippe, Yohimbin, Zuhören, die Kunst des

Sechstes Kapitel

Rosenbaum wartete, er las in einer studentischen Zeitschrift, jahrelange Entbehrung, Nadja tauchte nicht auf, blasierte Szenerie, merkwürdige Vitalität, weltanschauliche Positionen, Volk und neue Gewalt, Rosenbaum prüfte folgenden Satz an den umherliegenden Gesichtern: der Umwelt Verschiedenheit hat sich vor allem in den Gesichtszügen ausgeprägt, langjährige Erfahrung mit Vertretern des deutschen Doppelkinntums, welche Umweltfaktoren spielen bei der Umwandlung zur Schwellkörperbiene die entscheidende Rolle, denken Sie auch daran, Ihrem Adipositas die Falten trockenzulegen (nach dem Waschen), denn Heinrich der Achte führte die kurze Haartracht ein und ließ seine Frau ermorden, sie, fünfunddreißig, sucht, leicht devotes Lyrisches, ich, ein Vorsprung um Schattenlängen, wollte gar nicht mehr hinsehen, tat es aber immer wieder, ma chère, etwas vom aufrechten Gang macht doch noch keinen Menschen, Bezahlung auf Erfolgsbasis, Rosenbaum las, in jedem Deutschen, Nadja kam nicht, steckt etwas von Hitlers Seele, ob er es weiß oder will oder nicht, las Rosenbaum, natürliche Bedingungen von Blut und Klima, er zählte die Landschaft hinzu, kränkelnde Theorieambitionen, unter Rockschößen von Pastoren, auf der Bierflasche stand etwas über das Reinheitsgebot, in Polen saß derweil die Blaublütigkeit lockerer, der Endsieg der Schöpfung wurde eingefordert, Ameisen essen nur in äußerst kargen Zeiten Kronkorken, Nadja ließ auf sich warten, jemand suchte Feuer, brav wartete Rosenbaum und versteckte sich hinter seinem Tränenkrug, es war ja auch viel zu kalt, um draußen zu stehen, oder war ich viel zu früh losgefahren, ich suchte eine bestimmte Seele in mir und ließ das Lokal stürmen, es blieb ein Haufen von Steinen und Menschen, als Stadtdefinition, immer gleich das Physiologische, jetzt die Kanalisation, ich hätte gerne noch einmal mit ihr über die letzten zweitausend Jahre gesprochen, winklings am Bildrand, ich räumte ihr eine Verlängerung ein, ich machte mir Sorgen um Nadja, sich um jemanden sorgen ist ja eine dankbare Aufgabe, Nadja sorgte sich um Stroheim, darüber wollten wir reden, dazu war der neutrale Ort gewählt worden, der uns auch vor übergroßer Ablenkung durch die Anziehungskräfte zwischen Mann und Frau bewahren sollte, Rosenbaums Interpretation, wie reduziert sich statistisch die Lebenserwartung, wenn man mit Begeisterung einen X 1/9 fährt und fast jeden Tag betrunken ist, und das hat mit Lebensfreude leider nichts mehr zu tun, Nadja, ich habe ja meinen Bruder lange nicht gesehen, Herr, gib mir Zeit, ich dachte mir, daß ein klärendes Gespräch, wie man es programmatisch hätte nennen können, zu dritt, vielleicht nützlich gewesen wäre, Nadja meinte dazu, daß ich der einzige sei, der überhaupt von einem Problem rede, jedenfalls was uns drei als uns drei anging, ich merkte, daß ich schon betrunken war, ich müßte mich zusammenreißen, ich sagte mir, daß das ganze Bier gut für mich sei, ich dachte nach, wie sie am Telephon geklungen hatte, weil man das so macht, wenn man auf jemanden wartet, der sich mit einem überraschend am Telephon verabredet hat, das Leben macht so viele Krankheitsangebote, ab einem gewissen Grad der Unzufriedenheit beginnen die Überlegungen (man fragt sich ja eigentlich immer nur, was man machen soll) um die wunden Punkte des Versagens zu kreisen (die vergangenen, welche die zukünftigen programmieren, das einzige p. m.), dennoch ist man im Grunde des Herzens davon überzeugt, nicht zu scheitern (diesmal ist es wirklich das Herz), es folgte der Whisky und die Überlegung, ob es nicht besser wäre, einfach zu verschwinden und den Abend hier abzubrechen, endlich müßte aber doch einmal alles ins reine gebracht werden, es müßten Listen angelegt werden, ein für allemal, betrat ein Knabe das vom Mond hell erleuchtete Dunkel, ich winkte ihn heran, er war noch jünger, als ich gedacht hatte, bestimmt noch ein Schüler, er setzte sich linkisch, auf seinem T-Shirt prangte der Kopf eines populären Philosophen, ich fragte, ob er Nadja gesehen habe, er schüttelte den Kopf, trank von meinem Bier und betropfte sein Idol, wann zuletzt also, weiß nicht mehr, ich fragte ihn, ob er schon einmal in Paris gewesen sei, erneutes Kopfschütteln, was er so mache, aus Mitleid, er erzählte mir, er sei zur Zeit in eine komplizierte Affäre mit der fünfunddreißigjährigen Frau eines Polizisten verwickelt, er beschrieb sie in allen Einzelheiten, ihr Name klang affektiert französisch, und ich langweilte mich schon, ich dachte an Stroheim, der Polizist sei nun bei einer Demonstration von einem Pflasterstein – unglücklich tödlich – getroffen worden, davon hatte ich nichts gehört, wo, das sei egal, er sei auch auf der Demonstration gewesen, aus Höflichkeit, und ob seines stockenden ungelenken Monologs, schlicht um dem jungen Menschen eine Freude zu machen, fragte ich, worum es bei der Kundgebung gegangen sei, das sei völlig egal, jedenfalls habe er gesehen, wer den Stein geworfen habe, ich fürchtete das Schlimmste für den Jungen, seiner Geliebten sei er heimlich mit dem Fahrrad auf Schritt und Tritt nachgefahren, sie habe schwarz getragen, da Nadja nicht kam, und der Knabe mein Bier ausgetrunken hatte, bestellte ich für uns, sie sei in ein großes Haus gegangen, ein großes Haus in Berlin, das sei doch klar, ich stellte mir ein großen Haus vor, und habe es dann später wieder verlassen, taumelnd selbstisch, wie sein Vortrag, kurz nach ihr sei der Steinewerfer aus dem Haus gekommen, die letzten Tage sei die Geliebte verschwunden, und er mache sich die größten Gedanken über die Zusammenhänge, ich fragte ihn, ob er einen Mann namens Stroheim kenne, nicht in diesem Alter, jetzt suche er den Mann, der zweifelsohne mit den Behörden zusammenarbeite, er sagte: ihr Rock von grauem Leinen, ich dachte mir, daß ich mir doch einen Fernseher zulegen sollte, ob ich mir das angstverzerrte Gesicht des Mannes vorstellen könne, ich konnte nicht, ich fragte ihn, ob er schöne Sachen mit der Polizistenfrau gemacht habe, er sagte, darüber spreche er nicht, wer hungert und dürstet schon im Dienst, ich würde mich nicht mehr mit Nadja unterhalten können, der Junge schimpfte sodann auf Berlin, sobald er die Sache, er meinte das, wovon er gesprochen hatte, sauber zu Ende gebracht hätte, würde er die rüpelhafte Stadt verlassen und nach Südwesten ziehen, ich wußte nicht, was Südwesten ist, aber er versicherte: da macht sich keine Frau das Feuer selbst, ich fragte ihn nach seinem Namen, Frederic, fragte ich, wie verdienst du dein Geld, ich arbeite in einer Buchhandlung, die nur platonische Werke, beziehungsweise die Werke Platons, beziehungsweise nur Bücher führt, die irgend etwas mit Platon zu tun haben, aber eigentlich schreibe er, ein bißchen schauspielere er auch, was jetzt, schreiben, und was er schreibe, die Story habe er doch gerade ausführlich erzählt, er ergänzte seine Darstellung um eine masturbierende Amtsangestellte namens Botzek, und da wurde es mir zuviel, dieser junge Schnösel, dachte ich mir, ich wurde pädagogisch, ob ihm die Arbeit in der Buchhandlung nicht Spaß mache, doch, früher schon, aber der alte Chef ist wegen Kindesmißbrauchs im Sanatorium, und seit sein Sohn den Laden führt, ist der voll Homoerotiker in weiten Gewändern, die wie die Raben klauen und es darauf anlegen, erwischt und durchsucht zu werden, da mußte ich schwere Geschütze auffahren, ich positionierte zwei stilistische Stalinorgeln, Rübezahl, sagte ich und pausierte geschickt, der Kalif Storch, hast du *Rübezahl* und *Der Kalif Storch* überhaupt gelesen und dich an des einen Prosa und des anderen Lyrik geschult, ich näherte mich seinem ambitionierten Tonfall, erst, wenn du diese beiden durchmessen hast, erst dann darfst du überhaupt daran denken, etwas zu Papier zu bringen, eins Komma fünf bis zwei Promille, unvollständige Sätze, Reizbarkeit, ich glaube, er notierte sich die beiden Namen, er trank mein Bier, und es wird berichtet, ich hätte ihn in zwölf glasklaren Sätzen fürchterlich beschimpft, ich dachte an Nadja und fragte mich, wie lange wir dieses Spiel noch treiben könnten, ohne uns zu zerfetzen, aufgrund irgendeiner pathetischen Krampfung stieß mir Flüssigkeit auf, die eigentlich in den Magen gehörte, ich war ein Mensch wie alle anderen, fragte Frederic, ob alles Kulissen seien, dann gäbe es kein Theater, altklug und bierselig, ich sagte: du mußt wissen, ich warte auf Nadja, hab ich nicht gesehn, obwohl sie sich das Theaterstück angucken wollte, ich fragte ihn, wo der Buchladen sei, er erklärte mir den Weg ab der Gedächtniskirche ausführlich, benutzte viele Wörter, ich hörte nicht zu, als er fertig war, bat ich ihn, es noch einmal langsam zu erklären, er gab sein bestes, noch drei Anläufe lockte ich ihm ab, ich fragte ihn, ob seine letzte Geliebte vaginal unbeholfen gewesen sei, die Polizistin, ich müßte Dichtung und Wahrheit auseinanderzuhalten lernen, ich habe immer schon vermutet, daß Stroheim und Nadja sich viel länger kennen, als sie mir gegenüber zugeben will, Frec hatte dazu keine Meinung, auch auf meine Frage, wie lange ich Stroheims Druck noch standhalten könne, erzählte er nur etwas von Verschwörung und V-Männern, ich sah Nadja hinter meinem Rücken lächeln, ich wußte, daß ich nicht die Kraft hatte, mich zu wehren, sie würde mich ewig hinhalten können, Frec fragte mich, ob ich so trinke, weil ich so sei, oder ob ich so sei, weil ich so trinke, gemeinsam mit Frec suchte ich einen Reim auf Turnhose, ich sagte: Koriander heißt Danja, sie kam nicht, und langsam gab ich vor, die Hoffnung aufzugeben, früher, erklärte ich Frec, in den Gesellschaften des Orients, existierten männliche und weibliche Zonen, man hat zeitweise kooperiert (die O's bereiteten meiner Zunge erhebliche Schwierigkeiten), dann hat man sich wieder separiert, Männer und Frauen, sagte ich dem Jungen, sollen außer in Phasen, wo es sinnvoll und nützlich ist, nichts miteinander zu tun haben, ich sah doppelt, dann wurde ich indiskret, wie viele Gedichte kann ein Mensch erdenken, ohne sie auswendig zu können, was für mich immer zum Gedicht gehört, aber Stroheim ist zu plump auf diesem Gebiet, und ihm geht langsam das Geld aus, er wird einen Fehler machen, einen Raubmord begehen, Frec, dann habe ich nach Punkten gewonnen, vielleicht weinte ich da schon, oder Frec, vielleicht weinten wir zusammen, weil die Dichter ihre Gedichte nicht konnten, oder weil wir keinen Reim auf Turnhose fanden, Frec sagte, das Leben ist ein einziges Scheinputzen, ich sagte, so etwas mußt du schreiben, wo sich jede Hausfrau und jeder Banker drin sieht, mit Kahlgeschorenen, die Rollstuhlfahrern die Vorfahrt stehlen, er dachte doppelt solange nach, Sucht schädigt die Gesellschaft, sagte ich, ich fragte ihn, so eindringlich es noch ging, ob er mir wirklich nichts zu sagen hätte, langsam solle er beginnen, mir alles über Nadja zu erzählen, was ihm einfiele, am liebsten wäre mir natürlich eine schriftliche Zusammenfassung, bitte warten Sie, wir analysieren Ihre Gesichtsfarbe, sind

Sie farbig, Frec, Frec, spucken Sie sofort alles aus, zeig mir, daß du alles kannst, das war Zufall, Zufall ist nur ein Wort, dafür kann niemand etwas, der kleine Tod ist ein Dandy, mein Hirn ist ein alkoholgetränkter Schwamm, lächerlich zu behaupten, ich schriebe mir selbst Briefe, daß ich das Schachspiel nicht erfunden habe, kann mir auch keiner zum Vorwurf machen, Frec stimmte zu: kein Mensch, mir ist folgender Fall überliefert, einem zu fünfzehn Jahren Haft verurteilten Kindermörder schickte der Vater des ermordeten Mädchens jeden Tag einen Drohbrief ins Gefängnis, er drohte, den Sünder qualvoll umzubringen, ein paar Wochen vor seiner Entlassung erhängte sich der arme Schelm, dabei war der Vater längst verstorben, und die Briefe waren all die Jahre von einem Notar abgeschickt worden, der sie mit Hilfe eines Computerprogramms erstellte, das Mädchen veröffentlichte später diese Briefe und wurde sehr reich, Frederic sah mich ungläubig an, dann behauptete er, daraus könne man ersehen, daß das Zeitalter des Romans gerade erst beginne, Frederic sagte, wir sind von Polen umgeben, überall stehen die Polen, ich sah mich um, und tatsächlich standen an der Theke vier Polen in ein heftiges Gespräch verwickelt, ich sagte: ja, die zwei polnischen Stimmen verstummten, vermutlich hatte ich mit dem Finger auf sie gezeigt (geht das?), ich sagte ihnen, ich sei ein Stein und ihre Barfüßigkeit würde mich noch mal ruinieren, wir prosteten uns zu, ich sagte Piwo, Prawda, Banana und noch ein unanständiges Wort, wir lachten oder weinten, Frederic fragte sie nach einem Reim auf Turnhose, sie sagten, sie hätten keine Turnhosen dabei, ich sagte, das sei nicht so schlimm, wer weiß schon solche Sachen, sie beschäftigten sich wieder mit sich und wir mit uns, Frederic behauptete, ich übertreibe maßlos, wer recht in Freuden wandern will, ich sagte: wir leben ständig in der Naherwartung einer langhaarigen Heilbringerin, ich wollte immer nur das Beste für das Kind, diese Sucht habe ich nicht gewollt, außer einem besoffenen Feuerwehrmann, der mit seinem Schlauch in Anwesenheit des Kindes auf das Sofa pißte, gab es das nicht in der Familie, glaube, was du willst, hätte das Kind bösere Briefe geschrieben, dann hätte es keinen Selbstmord begehen müssen, so einfach ist die Welt, wir wollen zu Land ausfahren, lernt man das heutzutage noch, einfach zu sein, über die Fluren weit, da tauchten noch andere Schriften vor mir auf, aufwärts zu den klaren Schnäpsen der Einsamkeit, schon war mein Kopf ein großer häßlicher Kürbis, Frederic: wir sind doch die letzten Gipfelstürmer, noch mal: unschuldig ist keine Kategorie, man wird doch mal in aller Unschuld ein Gläschen trinken dürfen, auf den Verlust der Mutterbrust und die Anwesenheitsverweigerung Nadjas wurde schon hingewiesen, doch mir erschien die ganze Welt als leichte Kost, das einzige, was mich noch irritierte, war der fehlende Reim auf Turnhose, da macht sich keine Frau das Feuer selbst, photographische Porträts werden meist aus Anlaß von Beförderungen angefertigt, Frederic gestand mir seine Traurigkeit, er sei untröstlich und nun auch betrunken, Nadja habe ihn schändlich versetzt und sei zu dem hervorragenden Kellerstück, bei dem er die Hauptrolle spiele, einfach nicht erschienen, dabei hatte sie es versprochen, sie hatte es versprochen, versprochen, ich sagte: mein lieber junger Freund, dafür sind wir ja hier, um Trauerarbeit zu leisten und uns einen Reim auf Turnhose zu machen, die Hälfte haben wir hinter uns, die vier Polen, Gott mit ihnen, hatten uns, als sie paarweise aus den Türen schwankten, noch zwei Bier und zwei Wodka bestellt, Frederic und Rosenbaum tranken auf die Zukunft Europas, Frederic ging auf Toilette, als er zurückkam, sagte er: der Mensch ist ständig die Erde am Bekotzen, das sei aus seinem Buch, ich fragte: welches Buch, davon habe er erzählt, ich fragte ihn, wie ich von der Gedächtniskirche aus die Buchhandlung erreichen könne, ich verbrannte mich, als ich eine Zigarette anzünden wollte, der Mensch betreibt Raubbau, Frederic: Gott wird ihn strafen, Rosenbaum: die Natur wird ihn strafen, sie wird ihm schlechte Zeugnisse ausstellen, genau, nie und nimmer wollte ich Beamter werden, alles andere ist üble Nachrede, Mann und Maus wollte ich Beamter werden, und Kind und

Kegel, Has' und Hegel, wir besprachen die Einschätzung des Bierkonsums nach erstem Erbrechen und kamen zu zufriedenstellenden Ergebnissen, man solle nichts unversucht lassen, Nachrichten von geänderten familiären Verhältnissen nehme ich mit stoischem Gleichmut, wenn das mal geht, eine andere Art alkoholischer Dopplung, ist die erste immer besser als die zweite, oder ist das eine Fallfrage, oder umgekehrt, Frederic, welche biographische Entschuldigung für diese Bierrechnung kannst du vorweisen, meine Mutter und Schwester hat mich nicht geliebt und nicht geschlagen, hat mich geliebt und geschlagen, hat mich geliebt und nicht geschlagen, hat mich, der Vater war Bruder, war hart, aber gerecht, viel Liebe bekommen, in mich wurde sich eingefühlt, ich lobte meinen Jungen, das war ausgezeichnete Sollerfüllung, mehr als genug, hervorragend, jede Behandlung ist eine Mißhandlung, wir trösten unser Hirn und mißhandeln unsre Leber, ich zeigte Frederic die studentische Zeitschrift, ich zeigte ihm einen Text mit dem Titel Einfüllsamen, eine Aufforderung zur Verbesserung der Welt im Sinne der christlichen Dienstbotenschaft, Frederic mokierte sich über meine platte Art, selbst unter Beachtung meines alkoholischen Konsums und meiner Sozialisation könne er sich mit diesen Platitüden nicht anfreunden, und das, nachdem ich ihm ein Dutzend Bier spendiert hatte, ich erwartete Dankbarkeit, aus der Zeitschrift las er mir eine schwülstig erzählte Kaffeehausszene vor, etwas war wegen dem Schild, ich, als Mitglied einer Gesellschaft zur Rettung aller Fälle, berichtigte ihn, es ist wegen des Schildes, das sei eben das Fatale an Berlin, im Südwesten mache sich keine Frau die alte Leier, der Wille diktiert uns doch die Sucht, Frederic behauptete, alles von Anfang an mitgemacht zu haben, und das sei mehr, als ich mir träumen ließe, nein, ich habe recht, statistische Untersuchungen seien auch dazu nicht geeignet, ich nannte Frec einen Wichtelmann und forderte Dankbarkeit, ich erklärte ihm, daß er sich noch oft mit Beschimpfungen auseinandersetzen müsse, besonders wenn er in einer homopädophatischen Buchhandlung arbeite, masturbierende Beamtenmonster erfinde und abgehackte Philosophenköpfe auf dem Hemd durch Berlin trage, ich meinerseits lege mit dem Alkohol meine gestörte Psychodynamik lahm und bin in der Lage, Nadjas Abwesenheit zu ignorieren (hörthört) und die Suche nach der blauen Blume stundenweise zurückzustellen, obwohl ich immer noch einen Reim auf Turnhose suche, ich sagte: ich sehe überall Rosen, wo ich auch hinschaue, wenn das an die Öffentlichkeit kommt, wird es begreiflicherweise eine Welle von Empörung, Entrüstung, Entsetzen, ja eine Welle bodenlosen Hasses geben, und das alles in einer Familie, in der so viele Steifftierchen lebten, Frederic nickte begeistert und formte etwas mit seinen Händen, er sagte: so anders ging's ja bei uns auch nicht zu, da müßten ja alle Verbrecher werden, wir sind doch alle Söhne russischer Wanderhuren, dabei schaute er sich vorsichtig um, wissen wir denn um die Folgen unseres Tuns, das ist wie im Theater, aus den Inszenierungen und Details der Tat läßt sich die verborgene Geschichte aufdecken, was erzählt eine Schlachtung über die Kindheit des Schlachters, ich sagte ihm, das führe jetzt entschieden zu weit von unserm eigentlichen Reimproblem ab, die eigentliche Grundlage unserer verantwortungslosen Verdunklungstaktik sei ja unsere Liebe zu Nadja, Frec behauptete, nicht in sie verliebt zu sein, sondern sie nur anzubeten, ich wußte nicht, ob er das nur behauptete, um einer Schlägerei mit mir aus dem Weg zu gehen, um sich vor den bestialischen Vergeltungsmaßnahmen zu schützen, für die ich weit über die Stadtgrenzen hinaus bekannt war, manchmal offenbart sich uns die Welt als absonderlich, Frec gestand mir: wenn ich von meiner Mutter träume, verkauft sie mich oder geht mit dem Messer auf mich los, bald glauben wir uns ja wirklich in der schlimmsten Hölle zu befinden, aber solange es noch Schnaps gibt, Scheinputzen und Selbstüberlistung, ob Frec nicht doch bloß ein Agent Stroheims war, mit seinen Schreibvorhaben mäandernd durch die Vorgärten des Gutgemeinten, was fällt einem dazu noch ein, das kann man an zwei mal fünf Fingern abzählen, die Affenliebe läßt sich leiten vom Geschrei des Säuglings, von Nadjas Fingerschnippen, die Affenliebe kann nur ja sagen zum eigenen Schaden, die Affenliebe wird anstatt zu führen, verführt, der Wille des Liebenden muß eine Burg sein, unzugänglich der List wie dem Trotz, und nur Einlaß gewähren, wo Gehorsam an die Pforten klopft, so würden wir ja nie weiterkommen, das schlimmste Stück läge noch vor uns, behauptete Frec, der Reim auf Turnhose sei schlicht und ergreifend allesentscheidend, mir kam die Idee, Jünger und Destouches zu spielen, aber das schien mir zunächst zu schwer, dazu bedürfte es einer längeren Indoktrinierung Frecs, die an diesem Abend nicht zu leisten war, ich mag es, wenn du lächelst, ich mag es, wenn du stöhnst, dann nimm mehr Finger, wann gönnt man sich etwas zu essen, nimm er mehr Finger, Hörner und Geweihe wuchsen aus den Wänden, Spechte machten sich an der hölzernen Wirtin zu schaffen, wo gehobelt wird, lauschen, woher kein Sturmwind weht, in jener geheimnisvollen Nacht besaß Nadja ein Antiquitätengeschäft und beherbergte eine schöne Fremde, sind wir doch die Entsagenden, Nadja entsagend, so ruhen die Liebenden nebeneinander, Friede schwebt über ihrer Stätte, heitere verwandte Engelsbilder schauen vom Gewölbe auf sie herab, und welch ein freundlicher Augenblick wird es sein, wenn sie dereinst wieder zusammen erwachen, das Folgende ist belegt, daß Frederic und Rosenbaum gemeinsam in die Berliner Nacht stürzten und sich unisono in Schüben auf die Straße erbrachen, auch, daß Rosenbaum an Nadja, die gerade aufgetaucht war, vorbeilief, ohne auf ihrem Gesicht … (Herbstzeitlose)

Siebentes Kapitel

Stroheim werde aber sicher demnächst in den städtischen Kreis der Verwahrlosten einrücken, nachdem seine Aufzeichnungen gescheitert und seine Ersparnisse aufgebraucht seien.
Nadja behauptete, Stroheim habe immer vom bevorstehenden Verbrechen gesprochen, denn um zu überleben, müsse er die Leiden der anderen verachten und heruntermachen, das Verbrechen selbst sei aber belanglos und nur Ausdruck der zu verwerfenden Gesellschafts- wahlweise Weltordnung, er habe sich noch nicht entschieden.
Es handele sich nicht um einen Mord, sondern um einen Raub, der ein von wirtschaftlichen Sorgen freies Leben sicherstellen solle. Zu einem gelungenen Betrug fehle ihm die diesbetreffende Intelligenz, auch verabscheue er den Betrug und sei mit den Germanen der Auffassung, daß der Betrug eine ungleich härtere Strafe verdiene als der ehrliche Raub, da er nun jedes bürgerliche Gewerbe ablehne, bliebe ihm keine Wahl.
Seiner Vorliebe für den Film entspreche am ehe-

sten der Überfall einer Bank; ein entsprechendes Projekt sei in Vorbereitung und werde nach Abschluß seines Drehbuches in Angriff genommen. Die endgültige Vernichtung seiner Existenz wolle er lieber anderen überlassen.

Diesen Unsinn mußte Rosenbaum sich am frühen Morgen anhören (Mineralwasser, zwei Aspirin, Magnesiumtabletten, ein Glas Milch, Brechreiz beim Versuch, einen Schluck aus Nadjas Kaffeetasse zu nehmen). Nadjas Auftreten erinnerte Rosenbaum an ihren Zusammenbruch auf dem verhaßten Weihnachtsmarkt, wo sie von einem Spezereienstand zum anderen gelaufen war, weil niemand gesalzenes Popkorn verkaufte, sie redeten kaum miteinander, nur gezuckertes, sie steigerte sich derart hinein, wie Rosenbaum es nur von Kindern kannte. Und warum habe Rosenbaum gestern abend nicht auf sie gewartet, sie behauptete dreist, sie hätte sich nur zehn Minuten verspätet.

Allerdings glaube Stroheim, mit seiner völligen Unerfahrenheit in Sachen Verbrechen stünden die Aussichten für ein Gelingen außerordentlich gut, Schwerverbrecher und Profis würden naturgemäß geschnappt. Eine Flucht ins benachbarte Frankreich, zunächst zu Kontaktpersonen nach Paris, dann nach Katalonien, sei ins Auge gefaßt.

Rosenbaum zweifelte an Nadjas Ernsthaftigkeit, er fühlte sich, als sei alles unter seiner Haut Magensäure.

Gab es keine bessere Idee, als eine Bank zu überfallen, um mit dem erbeuteten Geld einen französischen Kriminalfilm zu finanzieren? Verlockender wäre eine Stunde nach dem Aufstehen, und mit dem ersten Bier, bei sonnigem, oder besser halbsonnigem Wetter ein Buch zu lesen im Freien, oder überschwenglicher, in der freien Natur (jahreszeitliche Einwände).

Nadja redete Rosenbaum ins Gewissen, als ginge es um einen Freund.

Zu der Wahl seines Exils habe ihn ein früherer Aufenthalt an dem Ort veranlaßt, währenddessen es zur Erschießung von vier baskischen Terroristen gekommen sei, solch ein Ort sei geradezu prädestiniert als Zuflucht.

Vielleicht werde er sich dort der Malerei widmen, nicht dem Zeichnen.

Was Rosenbaum das anginge, ob man nicht mit Professionellen, etwa Sozialarbeitern, Irrenärzten, Professoren ... Rosenbaum sei ihr das schuldig. Das Kino hätte diese Blindheit erfinden müssen, die Strecke sei in zwei Tagen zu schaffen.

Nadja behauptete, es müsse etwas geschehen, die Stadt übe eine vernichtende Wirkung auf Stroheim aus, man müsse ihn unbedingt wegbringen, woandershin, ins Ausland, wenigstens nach Paris, koste es, was es wolle.

Nach und nach setzte sich aber Stroheims Idee in Rosenbaums Kopf fest: Unser aller Feind ist der

Tod. Vielleicht sollte man alte Verbindungen nutzen, eine Waffe besorgen, um dem Elend auf Raten ein Ende zu machen, sich bei der Gelegenheit Stroheims entledigen, jeder Schuß auf Stroheim ein Fangschuß.
Nadja hatte geweint, nun saß sie auf der Bettkante, Rosenbaum zog ihr die Stiefel aus. Dieser Wahnwitz in den Knochen, einen Finger krumm zu machen, schon schwierig (abkrümmen).
Verschiedene Dinge wurden verschiedenen Menschen bekannt gemacht, sie habe Angst.
Rosenbaum fragte, warum sie nicht, wie angekündigt, im Theater gewesen sei, er habe Frederic getroffen, der Kleine sei enttäuscht gewesen.
Da man davon ausgehen durfte, daß das Ganze nun schon acht Wochen, vier Stunden oder vierzehn Tage andauerte, glaubte Rosenbaum, Nadja sei ihm die Wahrheit schuldig, sie solle ihm nun endlich sagen, worum es ging, was zwischen ihr und Stroheim vorgefallen sei, und was sie gedenke, noch vorfallen zu lassen, auch wenn das Bett vielleicht nicht der passende Ort und sein derzeitiger Zustand nicht der passende Zustand wäre, so oder so (vermöge eines Vermögens).
Das lustige Leben mit der Stroheimschen Hypothek müsse ein Ende haben. Die Sache zu klären sei der einzige Weg, alles andere, sowohl ein Ausflug in die indische Mythologie als auch eine Flucht in transatlantische Trivialmythen, komme ja nicht in

Frage, das einmal anvisierte Ziel müsse bis zum möglicherweise bitteren Ende verfolgt werden.
Innerhalb der nächsten zwei Wochen solle man eine Reise nach Paris vorbereiten.
Im Gegensatz zu allen früheren Lebensentwürfen Stroheims ende dieser in einer Art Ferienidylle, er habe ihr, Nadja, mehrmals die Waffe, ein tschechisches Modell, in die Hand gedrückt und sie aufgefordert, sie auf ihn zu richten, wie er betonte, seien die Terroristen mit unzähligen Schüssen ausgelöscht worden.
Was mit dem Drehbuch sei, wisse sie nicht, die Recherchen und Aufzeichnungen seien abgeschlossen oder aufgegeben, Stroheim habe gesagt, mit den Aufzeichnungen habe er Schluß gemacht, das sei vorbei, er könne nicht länger von dem leben, was er sehe, und auch nicht mehr von dem, was er denke.
Rosenbaum versprach, sich mit Stroheim in Verbindung zu setzen, allerdings zu dritt im Winter nach Paris zu fahren hielt er für, gelinde gesagt, wenig verlockend.
Wie kam das alles, erlebtest du damals, Nadja, daß Stroheim für den gleichen Popstar schwärmte, wurde das Leben ein einziges Scheinputzen – Nadja hatte einen Freund, dann war sie auch ein Mädchen –, wurde, um in der Sprache der Biologen zu sprechen, die gegenseitige Zuneigung so stark, daß ihr bei den Liebkosungen schließlich die Ge-

schlechtsorgane berührtet, und was heißt schließlich.

Nichts dergleichen, Beschwichtigungen, Fragen, ob es nicht besser wäre, jeglichen Kontakt abzubrechen.

Paris, Beschwörung von, unendliche Möglichkeiten malerischen, eher poetischen Freitodes, der Tod in allen Elementen, sozusagen vorsokratisch, durch das Feuer, in Lüften baumelnd oder durch die Lüfte rasend, zu schweigen vom Wasser – für Rosenbaum wurde in seiner nicht ganz einwandfreien Berliner Bettwäsche Paris zu einem Fährmannsmekka, Charonville, bevölkert von ›hol-über‹ kreischenden, schattigen Strohmännern.

Die schlimmsten Beispiele dienen uns ja zur Beschwichtigung unserer banalsten Verzweiflungen (in der Brust und im Magen angesiedelt).

Es ist ein Ros' entsprungen, aus einer Wurzel zart, wie uns die Alten sungen … das gab sie von sich, während ihr rotierende Stahlspiralen Härchen aus der unendlich zarten Haut rissen.

Der Tag drohte mit seinen kleinen und mittelgroßen Organisationsakten, die ihn nervlich bis zum Äußersten beanspruchen würden, er dachte nichts, er verstand nichts, die wörtliche Rede ist der Welt ja völlig unangemessen und nicht gewachsen.

Nadja sagte wieder und wieder Sätze, nach denen zu handeln sei.

Plötzlich beginnt man an der Logik einer einfachen Aussage zu zweifeln, und dann ist nichts mehr zu retten, dann beginnt das Zucken der Augäpfel.

Achtes Kapitel

Stroheim hatte nicht gut geschlafen. Nadja war am Abend vorher überraschend noch weggegangen. So mußte er die Nacht allein mit Nurejev verbringen. Der Kaffee schmeckte bitter, wie jeder selbstgekochte in den entscheidenden Momenten des Lebens. Er stand am Fenster und sah hinaus. Die Kaffeetasse hing nun leer in seiner Hand.

Stroheim war etwas unter Mittelgröße, rasiert. Sein Kopf erschien ein wenig zu groß im Verhältnis zu der fast zierlichen Gestalt. Sein rückwärts gebürstetes Haar, am Scheitel gelichtet, an den Schläfen sehr voll und stark ergraut, umrahmte eine hohe, zerklüftete und gleichsam narbige Stirn. Der Bügel einer Brille schnitt in die Wurzel der gedrungenen, edel gebogenen Nase ein. Der Mund war groß, oft schlaff, oft plötzlich schmal und gespannt; die Wangenpartie mager und gefurcht, das wohlausgebildete Kinn weich gespalten. Bedeutende Schicksale schienen über dies meist leidend seitwärts geneigte Haupt hinweggegangen zu sein, und doch war die Kunst es gewesen, die hier jene physiognomische Durchbildung übernommen hatte, welche sonst das Werk eines schweren, bewegten Lebens ist. Ja, man kann sogar sagen, daß auch Stroheim sich Gedanken über Voltaire und den mageren Fritz gemacht hatte, wie es Mann von Aschenbach nach dieser Schwarzweißaufnahme behauptet.

Der Tag sollte langsam angehen, erst wollte sich Stroheim stillstehend Kraft in der Betrachtung sich bewegender Menschen aneignen (an-schauen), dann mußte er aus dem Haus, denn man hatte ihn aufgefordert, als Gutachter in einem Entmündigungsverfahren zu fungieren. Er liebte es, sich solcher Tage durch ein Andenken zu vergewissern, und dachte, wie er sich ein würdiges verschaffen könnte, einen Ring vielleicht. Er wußte, daß man sich seit Jahren darüber stritt, ob das Unbeschreibbare mit Gedankenstrichen ausgedrückt werden dürfe. Mit einem Gesicht ausgestattet, schaute er auf die Straße und dachte, des Plagiats sich bewußt: Es ist nicht die Begegnung mit dem Sonderbaren, was mich bei meiner Arbeit immer wieder überrascht. Weit seltsamer erscheint mir, daß unsere alte Welt trotzdem so unbeirrbar ihren Gang verfolgt, deshalb kann ich nicht zweifeln, daß sie nach einem hohen Plan geordnet ist.

Auf der Straße lebten die Autos, auf einem Fahrradweg die Fahrräder, und im Eingang des gegenüberliegenden Hauses sah Stroheim, wie ein junger dunkelhäutiger Mann einen Revolver zog und sich an ihm zu schaffen machte, schließlich auf Stroheim anlegte. Bevor der Schreck die Überraschung ablöste, fiel Stroheim ein, daß Karneval war, den man aufgrund eines ziemlich widerwärtigen Krieges vom Februar in den April verlegt hatte. Das Alter des Jungen hatte der etwas unter mittelgroße Stroheim schlichtweg überschätzt. So kam er noch einmal davon.

Es verhielt sich in jenen Tagen so, daß das Telephon abgestellt worden war; die Kündigung der Wohnung lag auf dem Küchentisch oder im Kühlschrank, der leer war. Nurejev hungerte seit zirka zwei Stunden. Jeder mag sich vorstellen, was das für einen Kater bedeutet. Irgend etwas hatte Stroheim ereilt, und er wußte, wie darauf zu reagieren. Nadja war spät verschwunden, hatte aber glücklicherweise sowohl Auto als auch Autoschlüssel eines Bekannten zurückgelassen. Ein Auto italienischer Bauart, das Stroheim barbarisch als Volksporsche betitelte.

Ein durchdringender Schrei raste durch seinen Kopf und heiligte alles, vielleicht war es sogar der Heilige Geist. Nurejev fragte, ob er das Gefühl hätte, daß man in seiner Umgebung bereits auf seine Krisen aufmerksam geworden wäre. Stroheim verneinte und entschied sich, keine Fragen von hungrigen Katzen anzunehmen. Aber der Tag, der so feurig-festlich begann, war im ganzen seltsam ge-

hoben und mythisch verwandelt (so der Eindruck eines Co-Autors, dessen bessere Prosa im Rheingau beginnt). Auch Stroheim hatte es mit dem Olymp, stand auf du und du mit den alten Griechen und den Lalen. Trotzdem hatte er es nur zu Schulden gebracht.
Selbst der Verkauf einer Poeschen Zeichnung, einer Fälschung, war Stroheim mißlungen. Alle Fristen waren abgelaufen. –
Er entschloß sich, am selbigen Morgen mit seiner Vermieterin ein Wort von Täter zu Opfer zu sprechen. –
Was blieb, war die Liebe zur Musik, wie man bei allen, die darüber etwas verfaßt haben, nachlesen kann. –
Stroheim wußte um die Unendlichkeit seiner Bemühungen und der Musik. Um Nadja. –
Um Nadjas kurz bevorstehende Hinrichtung. –
Nachdem Stroheim gepackt hatte, knallte er die Wohnungstür zu, rannte die Treppen hinunter, riß die Tür des Bertone auf, warf sich auf den Sitz, zündete und raste davon, als sei ein Verbteufel hinter ihm her.
Er hatte sich fest vorgenommen, mit Nadjas Leben Schluß zu machen. Ihr eine Kugel in die Schläfe zu jagen. Endlich seiner finanziellen Misere durch ergaunerten Reichtum ein Ende zu bereiten. Die Freiheit in jeder Beziehung zurückzugewinnen. Da er wußte, daß Dinge nacheinander erledigt sein

wollen, jagte er mit defektem Auspuff durch die Hauptstadt des Reiches. Nurejev schrie. Die Waffe lag dramatisch entsichert auf dem Beifahrersitz. Sein Zimmer hatte er versiegelt.
Weil er vor der in langjähriger Arbeit ausgekundschafteten Bank keinen Parkplatz fand, mußte er auf eine andere Filiale ausweichen. Mit einem altkeltischen Zauberspruch zum Verwandeln von Panzerglas in Damenpipi verwandelte er Panzerglas in Damenpipi. Er schwang sich über die Theke, nicht ohne mit der leicht riechenden Flüssigkeit in Berührung zu kommen. Er leerte die Brieftaschen aller Bankangestellten und zersang dabei die Linse der Überwachungskamera. (Zeugen beschreiben ihn als etwas unter Mittelgröße. Seine fast zierliche Gestalt erschien den Bankkunden ein wenig zu groß im Verhältnis zum Kopf. Sein rückwärts gebürstetes Haar umrahmte eine narbige Stirn, die gleichsam hoch erschien. Die Wurzel der edel geschwungenen Nase grub sich tief in die Brille ein, sagte man. Der Mund war wohlausgebildet und gespalten. Die Wangenpartie war groß, oft schlaff, oft plötzlich schmal und gespannt. Das Kinn war mager und gefurcht. Das Haupt war, wie üblich bei Geisteskranken, seitlich geneigt.) Stroheim tauschte mit einer hübschen Fünfunddreißigjährigen die Adresse, dann befahl er in übelstem Kasernenhofton das Singen des Volksliedes (Großer Go-hott wir lo-hoben Dich) und nahm jedem einzeln per

Handschlag das Versprechen ab, nicht eher die Polizei zu rufen, bis wenigstens die erste Strophe beendet wäre.
(Weil er aber ein weiches Herz hatte und die Menschen vor Aufregung oder aus Dummheit wie Schauspieler ihren Text vergessen hatten, sang er noch mit. Dabei bat er einen Mann, ihm seinen Siegelring abzutreten. Der wollte nicht vom Finger. In Ermangelung eines Messers schoß Stroheim ihm den Gichtstecken ab. Ein kleiner Junge mußte den Ring putzen, bevor Stroheim bereit war, ihn anzustecken. Unglücklicherweise paßte ihm der Ring aber an keinem Finger, und so gab ihn Stroheim dem hocherfreuten Alten zurück. Just im Moment dieses Gnadenaktes schossen ihm Mitglieder eines SEKs mit MPs Löcher in den Rücken. Stroheim drehte sich um und wollte sagen, daß ihm mit realen Kugeln nicht beizukommen sei, da fanden zwei, drei Kugeln den Weg durch seine Mundöffnung, und ohne einen Zahn zu verletzen, was Stroheim positiv vermerkte, traten sie knapp unterhalb seines arischen Knubbels hinten aus seinem Kopf wieder aus und beschädigten einen Geldautomaten und den alten Mann, aber da war Stroheim, mit einem mäßig gefüllten Kartoffelsack voll Banknoten, schon außerhalb der Stadt, während die Bankangestellte, mit der er es vor der Überwachungskamera aus Neigung getrieben hatte, im Polizeigewahrsam als Mittäterin verhört und mehr-

mals vergewaltigt wurde. Konnte man ihm für das lateinamerikanische Klischee einen Vorwurf machen?)
In der Nacht erreichte er Luxembourg.

Neuntes Kapitel

Man träumt, seinem besten Freund in den Bauch zu treten, dabei fällt nur die Wasserflasche neben dem Bett um, man träumt, den weißen Hirsch zu jagen, in Wahrheit erhält man den Auftrag, nach Stroheim zu suchen, Rosenbaum war drei Tage im Südwesten bei einem Freund gewesen und fand nun eine völlig zerstörte Nadja vor, es gibt nichts Ekelhafteres als Leid, das man nicht selbst verursacht hat, Stroheim war verschwunden, sein Telephon abgestellt, auch um seinen Kater machte Nadja sich Sorgen, ein kleiner Funken Hoffnung glühte in Rosenbaum, ein Irrlicht, er hoffte im stillen, Stroheim nun los zu sein, Nadjas Schmerz würde sich geben, naturgemäß, eine Frage der Zeit, ihre Erinnerung an ihn würde verblassen, Stroheim, ein im Kindbett dahingerafftes Stillkind, mit vier Jahren von einem LKW entleibt, im zweiten Schuljahr von einem Untermenschen mißbraucht und getötet, mit zwölf Jahren Hand an sich gelegt, mit siebzehn in einem Bandenkrieg geopfert, darauf ließ sich trinken, der Abend quirlte ein paar

Wolkenreste durch den sanftroten Himmel und ein Rieslingsekt war im Emmaladen um die Ecke zu haben, der Draht am Flaschenkopf wird nicht aufgedreht, sondern aufgebrochen, Rosenbaum trank und sinnierte über einen Abschnitt seiner imaginären Memoiren mit dem Titel *Siebzehn verweht*, es war ein Abschnitt, in dem er mit Käfern kommunizierend auf einer Parkbank saß, das Gegorene spielte auch hier eine entscheidende Rolle, nach dem Terror der letzten Wochen dachte Rosenbaum an eine kurze Totenklage für den Verschollenen, danach sollte man zur nie dagewesenen Normalität übergehen, eine hohe Zeit sollte anbrechen, zwischen nur zwei Menschen, der Dritte, der im Moment allerdings noch ganz die Lage beherrschte, raste zeitgleich in Rosenbaums schwierigem Wagen durch Frankreich, die Kupplung war gewöhnungsbedürftig, im Getriebeöl vermehrten sich sagogroße Metallspäne, Zurückschalten war nur mit Zähneknirschen oder mit abgestelltem Motor möglich, als wollte der Wagen einem ungebremsten Fluchtwillen Ausdruck verleihen, im fünften Gang lief er wie an einer Schnur gezogen mit hundertsechzig über die Landstraßen, ein roter, jetzt nachtgrauer Pfeil bohrte sich durch das Herz Frankreichs, während Nadja befürchtete, Stroheim liege zu Hause tot in seiner Badewanne, sie bat Rosenbaum, ihr zu helfen, die Krankenhäuser habe sie schon alle angerufen, bei der Polizei traue sie sich nicht nachzufragen, da es die letzten Tage vier kleinere unaufgeklärte Banküberfälle gegeben habe, man wisse ja nie, Rosenbaum hatte allerdings nicht die geringste Lust, wiegelte ab und versprach gleichzeitig alles und schenkte Sekt ein, ach, wäre das schön, jetzt den Tod von Freunden zu betrauern, schon sterben Freunde, zur Feier des Tages wurden auf dem Glastisch zwei kleine Bahnen gelegt, Rosenbaum stellte sich vor, von unten durch den Glastisch zu filmen, wie ihr Oberkörper sich senkt, sie, sobald die Bahn verschwunden ist, einen Moment die Augen schließt, eine mit dem Lineal erarbeitete Route, das Ziel, erst mal irgendein Häuschen im französischen Kernland, dort, wo alle Häuser zum Verkauf stehen und alle Halbwüchsigen nach Paris wollen, Hirn und Welt treten eine Reise an, das Gefühl beim Betasten von Nadjas Waden ist ein anderes, das Begreifen, man spürt die eigenen Haare wachsen, Zigaretten werden zu Zigarren, Kindheitsszenen projizieren sich an die Wand, auf die Straße oder in die Landschaft, man ahnt die Gegenwart aller Möglichkeiten, aller Ideen, man ahnt, daß das Leben einem alten Gedanken nach nichts ist als eine Erinnerung, und die Vergangenheit des Gedankens bestätigt nichts anderes, und das ist in diesen Momenten nicht einmal fürchterlich noch banal, Alice im Wunderland ißt ja nicht zufällig Pilze, und einmal mehr eröffnet sich die Möglichkeit, mit verschiedenen Wagen 1:87

über den Teppich zu jagen, Nadja bewies ihm des öfteren, ein Fluß kann ein Handtuch sein, Krug bestätigt das, wenn er sagt: Inversion macht mir nichts aus, aber ein Landsknecht ist ein Landsknecht, und Relikte tauchen auf, die Dinge in andere Zeichen setzend, plötzlich das Atoll, wo man eben sein Sektglas abgestellt hatte, man ist angekommen, kein Weg ist mehr Ziel, Stroheim überlegte, eine Hure heimzusuchen, nachdem er schon an mehreren Landstraßenbordellen vorbeigefahren war, aber er hatte kein französisches Geld, war Europa schon so weit, natürlich konnte man einen französischen Körper mit deutschem Geld bezahlen, es ist indiskret zu erwähnen und unglaublich zugleich, daß der Deutsche noch nie käuflichen Sex hatte, seit er Nadja kannte, hatte er sogar streng monogam gelebt, eine Ungeheuerlichkeit für einen scheiternden Künstler und Kriminellen, von sehr weit weg sah man schon das blinkende rote Herz, könnte man doch, wie Camus es vom großen Tod behauptet, sagen: was nach dem kleinen Tod kommt, ist unwichtig, und der Mensch ist der einzige, der sich Gerechtigkeit vorzustellen vermag, jetzt träumte er davon, einmal eine Beichte vor einer Hinrichtung abzunehmen, und er dachte daran, mit einer Frau zu schlafen, die möglichst wenig mit Nadja gemein hätte, ansonsten wurde ihm klar, daß die Notwendigkeit bestände, sich in den nächsten Tagen einen unauffälligen und leichter zu handhabenden Wagen zu besorgen, dann wuchsen sogar Bäume in den Himmel, wo lagen die Wunden des Winters, schon in der Bibel heißt es, wer bis zum Ende standhaft ist, der wird gerettet und findet Gnade vor Nadjas großen Augen, die Zeit verrinnt auch zwischen Händen, an denen Blut klebt, was für ein Frühlingsopfer, Stroheim ließ auch dieses pochende Herz entwischen, während sich in Berlin Nadja ihr Kleid über den Kopf zog, Stroheim trank an einer Raststätte eine Coca-Cola, er fand es doch verlockend, das Verdeck des Wagens abzubauen, ein Kinderspiel, zwei Schnallen öffnen, und schon konnte man das Targadach unter der Fronthaube verschwinden lassen, die frische Luft, so dachte Stroheim, würde ihn auch wach halten, außerdem, wenn man sich schon so eines extraordinären Gefährts bediente, dann richtig, der Mond stand halb oder vier Siebtel (am Himmel, wo sonst), und eine helle und klare Nacht versprach ein gutes Vorankommen, ein tuckerndes Anrollen auf leicht abschüssiger Strecke im dritten Gang, bei siebzig in den Vierten, hundert in den Fünften, in allen Legenden steckt ein Stück Wahrheit, so lernte man das in der Volksschule, so auch in der Mär von der verschärfenden Wirkung eines sogenannten Betäubungsmittels, es ist aber allein das Verdikt der Einzigartigkeit, was die Liebe von der Liebe unterscheidet, Nadja trug nun ihre Forderung nach der Erforschung des Stroheimschen Schicksals in anderem Tonfall vor, sie war sich bewußt, noch einen Trumpf in der Hinterhand zu haben, 1969 konzipierte Bertone, der auch für Ferrari arbeitete, einen kleinen zweisitzigen Sportwagen, das Exemplar, mit dem wir es zu tun haben, wurde '82 in Italien zusammengeschraubt, '89 lief der letzte vom Band, eine liebenswerte Besonderheit, Rosenbaums kleiner Stolz, war ein gegen den Uhrzeigersinn ankämpfender Drehzahlmesser, wie Liebende, die sich doch nie erreichen werden, streckten sich die beiden, neigten sich zueinander, beim nächsten Schalten zog sich der Exzentriker wieder hoffnungslos zurück, um dann erneut seiner Traumpartnerin, der Zeigerin des Tachometers, entgegenzufiebern, die Straßen waren leer, und Stroheim ging der käufliche Frauenkörper nicht aus dem Kopf, während Rosenbaum den letzten Rest Sekt in Nadjas Glas goß, vielleicht sei es jetzt schon zu spät, um nach Paris zu fahren, vielleicht sei es jetzt ja zu spät für alles, später, dachte Rosenbaum, würde er sie überzeugen können, mit ihm allein nach Paris zu fahren, zu Mathildens Grab zu pilgern und dort eine Flasche Mosel zu leeren, auf Jeanne Duvals Wohl, Stroheim passierte gerade das nachttote Troyes, da wurde Rosenbaums Durst wieder so groß, daß er beschloß, noch irgend etwas Trinkbares zu besorgen, Rosenbaum fragte: Wo steht also der Wagen, der Wagen stand in diesem Moment nirgends, vielmehr meisterte er gerade einen Kreisel am Rande

Troyes, Nadja schwieg, du wirst doch wissen, in welcher Richtung du geparkt hast, ein Unfall vielleicht, bösartige Verschleppung in Staatsobhut, Nadja kam nicht umhin, ihm zu erzählen, daß sie den Wagen bei Stroheim stehengelassen hatte, der sei nun aber verschwunden, und auch der Wagen stände zumindest nicht in der Nähe seiner Wohnung, was logisch zur Folge habe, daß Rosenbaum sich doch um Stroheims Verbleib kümmern oder sogar sorgen müsse, Scheiße (Seht nur, wie sanft und bescheiden/sie unter uns Platz nimmt – Hänschen-Klein), konnte man Nadja nach einem Abend, der so verlaufen war, böse sein, Rosenbaum konnte und konnte nicht, Rosenbaum verließ das Haus, auch um seine Gedanken zu sortieren, lief, bis er Seitenstechen hatte, zur nächsten Nachttankstelle, kaufte zwei Flaschen Sekt und Zigaretten, sie hatte es nicht einmal für nötig befunden, den Schein zu wahren, aber irgendeine Art von Betäubung hielt Schmerzen und Wut zurück, entgegen einer weitverbreiteten Irrmeinung bleibt das Leben ja keine Antworten schuldig, wieder zurück, traf er Nadja mit einer Zigarette am Fenster an, sie hatte ihm den Rücken zugekehrt und drehte sich auch nicht um, als der Sektkorken mit liebgewonnenem Geräusch den Flaschenhals verließ, Rosenbaum zog sie an der Schulter herum, setzte ihr ein Glas an die Lippen, sie trank und lächelte, diese lebenserhaltenden Akkordfolgen, musikalische Maßnahmen, prickelnde Auflösungsfelder, das Perlen im Glas, so stellte die Welt sich dar, während in Frankreich eine Art Zeitdruck entstand, in dieser Nacht möglichst weit zu kommen, sich im Auto schlafen zu legen, aus Platzgründen schlichtweg unmöglich, es gab nur Kartentelephone, das ganze Gespräch dauerte dreißig Sekunden, Nadja lehnte mit dem Kopf an der Fensterscheibe, wenn zwei Punkte undefinierbarer Ablagerung auf dem Glas genau den Ausmaßen des Mondes entsprechen, natürlich nur aus einer exakten Position, die man, nachdem man es plötzlich im nachhinein bemerkt hat, nie mehr einnehmen kann, und der Mensch bewegt sich oder der Mond oder die Erde oder beide, der Kilometerzähler zeigte eine fünfstellige Zahl, die Eins mußte man sich davordenken, erster Motor, gäbe es eine Umrechnungsliste wie für Katzen oder Hunde, wie es sie unbegreiflicherweise für die unbelebte Natur nicht gibt (nicht gab und erst ab jetzt gibt), lebte der Wagen in der Nähe des Rentenalters, Operationen nur an den Gliedmaßen und kleineren Organen und an den Sinnen, kauzig und laut war er auf seine alten Tage geworden, bevor Rosenbaum ihn kennenlernte, hatte er dreiunddreißig Jahre mit der Frau eines LKW-Fahrers zusammengelebt, eine Zeit vieler kleiner, zermürbender Anstrengungen, aber ohne wirkliche Herausforderungen, die nicht spurenlos an ihm vorübergegangen war, bei Rosenbaum hatte er es gut gehabt, und sie waren auch miteinander ausgekommen, besonders gräßlich ist es ja, wenn alte Menschen, nach einem erfüllten und anstrengenden Leben, Opfer brutaler und sinnloser Verbrechen werden, Menschen, die ihre Pflicht getan haben und sich ohne Bedenken dem göttlichen Gesetz von Lohn und Strafe unterwerfen könnten, Rosenbaum bekam Schwierigkeiten bei der Koordination seiner Bewegungen, ein enthemmtes Gehirn zeigte ihm zweimal die Welt und Nadja (wer kann sagen, noch nie mit einem zugehaltenen Auge vor dem Fernseher gesessen zu haben), ein eigenartig mechanisch anmutendes Phänomen, vermutlich hat das Leben eine frühzeitliche, längst vergessene Alkoholmetapher nachgeäfft, auch, daß man glaubt, auf Brükken, unter denen man hindurchrast, eine schemenhafte Gestalt wahrzunehmen, daß man einen Baum mit einem Menschen verwechselt, die Wehrlosigkeit des Rausches, der Übermüdung, des Neugeborenen, so bieten sich die Toten den Lebenden als edelste Speise dar, der Heißhunger bei abklingendem Rausch, bietet ja die größten Gefahren, die vielen Kinderstimmen, die man nie wirklich gehört hat, das Mordinstrument Brotmesser, die unüberwindlichen Schwierigkeiten beim Aufschrauben eines Gurkenglases, das Herunterklappen der Lider, der Zeitlupenfall und die Explosion des Gurkenglases, die Wirklichkeit mit gemeinsamem Nenner wird durch die Vision Nadjas im Türrah-

Zehntes Kapitel

Die Menschen schrieben den fünfzehnten Vierten, und Rosenbaum befand sich mit dem Gefühl brutaler Leere im Kopf in der Straßenbahn auf dem Weg zu seinem Wagen oder zu Stroheim.
Wenn er eine Behörde aufsuchen mußte, oder manchmal auch schon in der Bäckerei, wenn er darauf wartete, an die Reihe zu kommen, plagte ihn die Vorstellung, sich kurz vor seiner Hinrichtung zu befinden. Um so beklemmender wirkte das herrliche Frühlingswetter (versüßten oder vergällten die Sonne und die warme Luft in den Anlagengärten die Kreuzigung?). Ein Tag, um mit dem Wagen aufs Land zu fahren. Rosenbaum nagte an seinem Wangenfleisch, riß es in blutige Fetzen, hätte am liebsten beim Abreißen der Fasern noch seine Finger zu Hilfe genommen, mit seinen Nägeln die Mundhöhle ausgekratzt. Die Menschen – freundliche Gesichter, Menschengeruch – empfand er als ein sich um ihn gruppierendes Unglück. Das Mädchen, das ihm gegenüber saß, beugte sich vor, um ihre Brüste in einem dunstigen Teich zu

waschen. Als schaue man in ein Rohr, wie man in der Kindheit in viele Rohre geschaut hat, man sieht etwas Vernichtendes auf das Auge zurasen, der Moment, in dem das Vernichtende das ganze Blickfeld ausfüllt, ist der letzte Moment.

Die Straßenbahn erreichte die günstigste Station. Rosenbaum stieg aus, erkannte das Kino, er war richtig. Hier hatte er vor ein paar Wochen versucht, es war noch empfindlich kalt gewesen, Nadja vor Stroheims Wohnung aufzulauern, was mißlungen war. Vier Stunden hatte er, mit zwei Flachmännern ausgerüstet, gewartet. Untauglich. Die Hoffnung Rosenbaums, seinen Wagen schon auf dem Weg zu Stroheim zu finden, erfüllte sich nicht. Sechs Stockwerke, blaugrau, Stroheims Fenstervorhänge zugezogen – neben den Mülltonnen wurde ein barbusiges Sklavenmädchen, das zum Verkauf stand, von zwei zögernden Wüstlingen angestarrt. Dann durchschoß ihn vom Auge her ein wohliger Schauer, eine Karman Ghia, in rotem Kleid, narrte ihn einen Moment lang durch zwei Autoscheiben. Zu weibliche Formen, Tränen in den Augen. Geplagt von den seltsamsten Ängsten der Weltgeschichte, suchte Rosenbaum die umliegenden Straßen nach seinem flachen Wagen ab. All die gesichtslosen Blechsärge, die einzige Freude dieser verzweifelten halben Stunde war der Anblick einer 63er Corvette, elfenbeinfarben.

Schweren Herzens hatte Rosenbaum die drei Etagen zu Stroheims Zimmer erklommen. Er atmete durch und zündete sich dann eine Zigarette an. Die Tür gegenüber der Stroheimschen Tür war nur angelehnt. Wieviel Rauch man mit einer Zigarette produzieren konnte. Zwanzig Zigaretten am Tag, zwölf Jahre lang, selbst das Banale wurde monströs (wenn man den Fehler machte, darüber nachzudenken). Er hörte ein geschlechtsloses Kichern. Verstohlen lugte er durch den Türspalt. Nur mit einem Nachthemd bekleidet, stand ein alter Mann auf allen vieren und kehrte seinen runzligen Hintern einem glitzernden Drehspiegel zu, sein blutdurchschossenes Gesicht, das von weißem Haar umrahmt war, nach unten gebeugt, starrte er rückwärts durch den Bogen seiner nackten Schenkel auf das Spiegelbild seiner trostlosen Hinterbacken. Rosenbaum wendete sich, entschlossen den Angeber zu ignorieren, ab und schlug, ein Verzweifelter, mit der Faust an Stroheims Tür. Dann entdeckte er die Klingel.

– Ich habe so was schon immer geahnt.

– Ich wollte nicht stören.

– Kommen Sie erst mal hier rein. Hier!

– Ich bin ein Freund.

– Schauen Sie immer in fremde Wohnungen?

– Ich wußte nicht.

– Kommen Sie rein. Ein einziges Menetekel.

Die Frau, in braunen Strumpfhosen, Shorts und T-Shirt, mit offenem strähnigem Haar, dennoch für

einen Liebhaber subtiler Ekelgenüsse nicht reizlos, zog Rosenbaum zu sich in den Flur ihrer Wohnung. Rosenbaum fürchtete nun die Hydra des heilsgeschichtlichen Schwätzchens, war gefaßt, der Kanaille der Nachbar- oder Vermietergewißheiten mit dreisten Lügen die Stirn zu bieten.
– Ich benötige wichtige Papiere. Besitzen Sie einen Zweitschlüssel?
– Die Bilder stellen meinen Mann dar.
Im Flur: Das Bild des Alten auf allen vieren, ein Pferd in ländlicher Idylle, daneben ein Schwein in der gleichen Position, ein vielleicht sechsjähriges Mädchen mit Matrosenmütze.
– Das reinste Menetekel, meine ganze Ehe.
– Ich habe nicht viel Zeit. Wissen Sie, wann Dr. Stroheim zurückkommt?
– Wie alt sind Sie? Ich wohne hier seit Achtundsechzig, seit der Heirat mit meinem verstorbenen Mann.
– Das tut mir leid.
– Er war schon achtzig, als ich ihn heiratete.
Sie lachte, zweifellos eine Irre. Er bot ihr eine Zigarette an, weil er nicht wußte, wohin er mit seiner Kippe sollte.
– Auf den Boden, draußen! Ich rauche nicht. Mir gehört das ganze Haus.
– Dann können Sie mir sicher aufsperren?
– Ein hellhöriges Haus. Ich krieg alles mit. Ein Menetekel. Warum sollte ich?

– Es ist wichtig. Lebenswichtig.
– Sie sind ein Freund?
– Ja.
– Der Mann ist mir suspekt.
– Mir auch.
– Dann treten Sie doch die Tür ein.
Sie schob ihn aus ihrem Flur zurück ins Treppenhaus. Sie kicherte.
– Wenn Sie fertig sind, klopfen Sie hier.
– Danke.
Sie schlug ihre Tür zu.
– Ich ziehe mich um.
Die Tür öffnete sich wieder einen Spalt.
– Ihr Name.
– Rosenbaum.
– Sind Sie Kunstmaler?
– Nein.
– Dann bis nachher.
Sie schloß leise die Tür.
Ein zaghafter Tritt. Stroheims Tür blieb standhaft, und niemand ließ sich blicken.
Ein fester Tritt in die Nähe des Schlosses, und die Tür flog auf, ein Lauschen auf Reaktionen im Haus, dann betrat Rosenbaum Stroheims Reich und zog übertrieben vorsichtig die Tür hinter sich zu.
An Mama: Ich habe ein fabelhaftes Zimmer, aber ich habe es Dir noch nie richtig beschrieben. Es hat einen Spiegel und ein Waschbecken in einer Badeecke. Über dem Bett hängt ein wunderbares Bild

mit einer Dame in orientalischer Umgebung. In der Badeecke hängt sehr passend das Bild eines Landmädchens, welches sich die Arme in einem Teich mit herrlichem Wasser wäscht.
Stroheim war offensichtlich nicht da. Rosenbaums erster Blick galt der leeren Badewanne. Rosenbaum öffnete das Fenster.
Wie konnte man sich solche Bilder aufhängen? Stroheim lag nicht tot in der Wanne, Nurejev war nicht im Zimmer. Entsetzt entdeckte Rosenbaum einen Kotfleck auf dem Bettuch. Aber der konnte ja auch von der Katze stammen.
Ein dunkelgrüner Ordner lag aufgeschlagen auf dem Schreibtisch. Der erste Gedanke Rosenbaums war, es mit dem Drehbuch zu tun zu haben. Akkurat setzte er sich auf den sehr hohen Holzstuhl an den Tisch.
Die erste Seite war datiert.
Vermutlich aus dem Bad hatte sie sich herangeschlichen, stand nun hinter ihm. Sanft zog sie seinen Kopf an ihre Brüste.
Rosenbaum: Ich schaue mir nur die Worte an.

ZWEITER TEIL

Einundzwanzigster Erster

Zur Seite gekippt wäre meine Behausung erträglich. Auf dem Rücken liegend verliert sich die Decke.
Die Angst, an den blaßgelben Wänden vorbei ins Weiße zu fallen. Wenn ich wirklich möchte, kann ich ein paar Außengeräusche vom Pochen des Blutes am Ohr unterscheiden. Möglicherweise gehört dies aber bereits in den Bereich der Vorstellung.
Die Frau aus dem Zimmer gegenüber läßt Münzen in eine Blechdose fallen und widmet sich einer Art Singsang.
Der Wandschmuck auf dem Flur. Palmenstrände. Flußlandschaften. Ein gefrorener See mit Kutsche. Ein tellergroßes Plastikblumengesteck.

Zweiundzwanzigster Erster

Ein Zeckenkopf wohnt in meiner Haut. Mitten im Winter. Die Frau aus dem Zimmer gegenüber hat mich heute einen einfachen Menschen genannt. Sie ist Vegetarierin, und ich habe ihr erzählt, daß der Mann, über den ich nachdenke und von dem sie natürlich noch nie gehört hat, an einer Blutvergiftung gestorben ist. Ihre Worte gewinnen, da sie

nicht ganz meiner Sprache mächtig ist, an Bedeutung.
Dies noch einmal neu zu sehen. Beim Eintritt in mein Zimmer, das Zimmer. Beim Gang über den Heimatflur, den Flur. Den Wandschmuck.

Dreiundzwanzigster Erster

Unvermutet schaut einen ein altes Photo aus einem Buch an, das man zerstreut in die Hand genommen und aufgeschlagen hat, ohne darin lesen zu wollen. Ich sitze am Steuer eines Wagens. Ich halte das Bild in den Händen und entferne mich stetig.

Vierundzwanzigster Erster

Wer hat all die Angstapparate in meinem Leben aufgestellt? Es gibt einige Dinge, die ich lieber nicht aufschreibe. Wann werde ich meine Unbefangenheit zurückerhalten? Heute ist Großhimmel, und ich habe mir vorgenommen, die Katzen in den Anlagengärten zu besuchen. Man denkt immer, bei einem selbst müsse es sich anders verhalten.
Aus einem Fenster gegenüber hängen nasse orangefarbene Gardinen.

Dreißigster Erster

Jeden Tag der Singsang, der mich mit meinem Schicksal versöhnt.
Ein großer schlanker Körper, blaue Arbeitskleidung, nackte derbe Füße, als drittes oder viertes ihr Mädchenpopo, Haaransatz.
Gestern vor dem Einschlafen dachte ich wie schon oft darüber nach, daß die Zimmernummer des gegenüberliegenden Zimmers, ihres Zimmers, in keinen Zusammenhang zu bringen ist mit meiner Zimmernummer oder den anderen Zimmernummern des Flures. Im Schlaf dann forderte man von mir die Herausgabe des Zimmers.

Vierter Zweiter

Sofern Leere einkehren kann, schließe ich die Augen. Heute beobachtete ich sie im Wäschezimmer. Sie sprach leise. Ein kleines Mädchen, sein Spiel kommentierend. Ich stellte mir vor, ich könnte seelenruhig einschlafen. Auf dem Flur roch es dumpf nach verbranntem Öl. Auf der Spüle stand ein Teller mit Fisch. Wie nennt man das, wozu man sich verstiegen hat? Jetzt ist es dunkel.

Fünfter Zweiter

Der Singsang so laut, daß ich annehmen muß, sie beabsichtige, mich zu provozieren, stehe vor meiner Tür. Ich ließ mir ein Stück Fisch von oben in den Mund fallen. Ich weiß, daß der Flur leer ist, mehr noch.

Neunter Zweiter

Was ich mich noch nie getraut habe: das Plastikblumengesteck, über dessen Herkunft ich mir die meisten Gedanken gemacht habe, in Schwingung zu versetzen. Der Geruch nach Abtritt im ganzen Haus. Die Blicke, als wüßten alle um meine große Scheinheiligkeit. Ich war ja auf jeden Fall bereit, den Raum herauszugeben, hatte aber keinen blassen Schimmer, wie die gestellte Forderung zu erfüllen. –

Nie hätte ich gewagt, Hand an sie zu legen.

Vierzehnter Zweiter

Die zu geringen Entfernungen zwischen den Dingen. Ich fixiere einen Punkt an der Decke, ein Zelt. Mein Glas hinterläßt einen Kranz auf dem Papier. Ein Atoll. Ich befinde mich auf der Hauptinsel. Ein Palmenstrand. Ich rauche.

Achtzehnter Zweiter

Ich sitze auf meinem Bett und lausche nach meinen Schritten, bald muß ich von der Küche zurückkehren. Mit der Zunge reinige ich meine Zähne von Fischfasern. Die Tür zu ihrem Zimmer steht offen. Die Größe einer Besenkammer, an allen Wänden Regale voller Stoffpuppen, Heiligenbilder, ein niedriger Tisch mit einem Kamm darauf, den ich an die Lippen führe. Unter dem Bett, die Blechdose, sie ist leer. Ich stelle sie peinlich genau an ihren Platz zurück, doch mein Eindringen wird ohnehin bemerkt werden.

Neunzehnter Zweiter

Ich habe geschrien, bis das Klopfen aufhörte. Jetzt frage ich mich unentwegt, wen ich verpaßt habe oder wem ich entgangen bin.
Die Tür offen. Ich habe keine Gewalt angewendet.
Zur Seite gekippt wäre meine Behausung erträglich, hätte menschliche Maße.
Ich träumte, sie läge im Wäschezimmer in ihrem Blut. Man hat mich vorgeladen.
Möglicherweise gehört das Zimmer der Frau zu einem völlig anderen Gebäudekomplex.

Dreiundzwanzigster Zweiter

Zwei Tage vor meiner Vorladung hänge ich die Bilder im Flur ab, klemme sie mir unter den Arm. Zuletzt wage ich mich an ihre Königin, das Plastikblumengesteck.

Ich verteile die Bilder auf dem Boden meines Zimmers. Ich überlege mir, einen Teil auf dem Boden, einen anderen Teil an der Decke festzunageln. Kippte man endlich mein Zimmer. –
Ich strecke die Arme weit von mir, um mich gegen die Schaukelbewegung des Zimmers zu stabilisieren.

Dreißigster Zweiter

Aufgrund eines Irrtums stehe das meinem bisherigen Zimmer gegenüberliegende seit Jahren leer, dabei sei es viel geeigneter, mich aufzunehmen, zumal ich mich mehrfach über die hohe Decke beschwert hätte. Meine Matratze sei nebst verschiedenen Gegenständen des täglichen Gebrauchs bereits in das neue Zimmer gebracht worden. Bilder und Wandschmuck seien installiert, die vormaligen Besitzer seien informiert und entschädigt.
Ich befinde mich in einer Kutsche auf einem zugefrorenen See. Mein Hinterkopf in ihrem Schürzenschoß.
Ich schreie, daß ich Angst vor der hohen Decke habe und daß ich den Singsang und die fallenden Münzen nicht mehr länger ertragen kann.

Dritter Dritter

Sie gab mir deutlich zu verstehen, sie wisse Bescheid. Was in aller Welt könnte mich noch beunruhigen.

Nadja lebt zusammen mit ihrem Vater am Rande einer kleinen Ortschaft in Mittelfrankreich. Vom Ort selbst trennt ihr Haus eine Brücke über eine Schnellstraße. Das Haus ist klein, die Einrichtung ein wenig schäbig.

Stroheim in einem Appartment in einem Hochhaus einer Trabantenstadt. Eine Frau namens Caroline ist bei ihm.
Stroheim steht auf, zieht sich an und geht.

Eine vierköpfige Familie im Auto. Das junge Paar vorn, zwei Kinder hinten. Die Frau teilt Butterbrote und Getränke aus, während der Mann fährt und gleichzeitig eine Zigarette dreht. Bei der Fütterung entsteht ein Tumult.
Das Auto fährt unter einer Brücke hindurch.

Nadja steht auf, hat ein Nachthemd an, schlüpft in Herrenpantoffel, geht aus ihrem Zimmer in die Eßküche, setzt einen Kessel mit Wasser auf, ent-

facht Glut im Ofen, läßt den Kater hinein und füttert ihn. Der Vater öffnet die Tür seines Zimmers zur Eßküche. Er trägt eine weiße Unterhose und ein Schlafanzugoberteil.
– Mußt du nicht zur Schule?
Nadja dreht sich nicht um.
– Es sind doch Ferien.
Sie wartet, bis das Wasser kocht, gießt Kaffee auf, schenkt ihn in zwei große Tassen, die schon auf dem Tisch stehen. Sie geht in ihr Zimmer, ihre Tür ist angelehnt. Der Vater hat sich eine Hose angezogen, späht nun in ihr Zimmer.
Nadja zieht sich einen Slip an, Socken.
Der Vater setzt sich an den Tisch vor seinen Kaffee, stützt den Kopf in die Hände.
Nadja in der Küche, wärmt sich die Hände an der Kaffeetasse und schaut aus dem Fenster.

Nadja sitzt auf der Brücke, die Beine baumeln Richtung Fahrbahn, Minirock, sie raucht. Die Sonne scheint. Der LKW einer regionalen Firma nähert sich, Nadja winkt, der Fahrer, ein junger Mann, hupt und grüßt zurück.
Plötzlich taucht Frederic, ein Junge aus dem Dorf, hinter Nadja auf. Frederic versucht, Nadja zu erschrecken, was ihm nicht gelingt.
– Wer war das?
– Ein LKW-Fahrer.

Frederic nickt. Nachdem Nadja weiter keine Notiz von ihm nimmt, sagt er:
– Kommst du nächste Woche zur Kirmes?
Nadja zuckt mit den Schultern, steht auf und geht.

Nadja kommt aus einer Umkleidekabine, ein Kleid über die Schulter geworfen. Die Frau des Ladenbesitzers taucht auf, und Nadja macht einen Knicks. Nadja hängt das Kleid auf einen Bügel, nimmt sich ein Bonbon aus einem Glas, das für Kinder auf der Verkaufstheke steht. Sie schiebt es sich mit dem Finger in den Mund und grinst dabei die Verkäuferin an.

Nadja steht auf der Brücke. Der bekannte LKW taucht auf und schert auf den Parkplatz in der Nähe der Brücke aus, hält an. Nadja läuft die Böschung hinunter und geht zum Parkplatz, der Fahrer steigt aus. Gegenseitiges Hallo.
Er bietet ihr eine Zigarette an; sie rauchen.
– Soll ich dich mit in die Stadt nehmen?
– Zu spät. Ein andermal.
– Komm. Ich zeig dir das Führerhaus.
Sie gehen zum Führerhaus. Er hebt sie hinein. Unordnung, Kippen, Nacktphotos. Sie drückt im Aschenbecher ihre Zigarette aus.
Sie klettern wieder hinunter.

Sie gehen zum hinteren Ende des LKWs. Er öffnet die Schwingtüren. Leere Gemüsekisten, Packpapier, ein paar Decken.
– Bitte sehr.

Nadja erklimmt die Böschung. Oben stehen sechs Halbwüchsige, Mädchen und Jungen, darunter Frederic. Sie starren Nadja an. Nadja schubst den Jungen, der am nächsten steht, weg und geht.

Der Vater kommt heim, im Anzug, angetrunken. Er zieht sein Jackett aus, lockert sich den Schlips, läßt sich in einen Sessel fallen, ruft nach Nadja und winkt sie zu sich. Sie setzt sich auf seinen Schoß. Ein paar Sekunden sitzen sie ruhig, dann steht sie auf und geht in ihr Zimmer. Der Vater schaltet den Fernseher an.

Nadja steckt sich ein Tempo zwischen die Beine, zieht sich ihr Höschen hoch, klappt vorsichtig die Schwingtür auf, steigt aus. Nadja:
– Heute abend.
– Ja.
– Um acht.
– O. K.

Sechs Halbwüchsige, Mädchen und Jungen, darunter Frederic, beobachten von der Brücke aus den Parkplatz.

Nadja küßt den LKW-Fahrer auf beide Wangen.
Der LKW fährt ab, und Nadja erklimmt die Böschung.
Die Halbwüchsigen schubsen Nadja umher. Dann schlagen sie zu; besonders brutal die Mädchen, die, noch als sie am Boden liegt, zutreten.
Sie gehen.
Nadja steht auf, spuckt etwas Blut aus.

Nadja geht auf das Haus zu. Stroheims Wagen steht vor dem Haus. Nadja geht am Wagen vorbei, ohne ihn zu beachten. Als sie im Haus verschwunden ist, steigt Stroheim aus, geht ihr nach, klopft an die nur angelehnte Tür. Nadja reagiert nicht.
Stroheim tritt ein, blickt umher.
– Ihr Vater ist nicht da?
– Er ist in die Stadt gefahren.
– Wer hat dich denn so zugerichtet?
Nadja antwortet nicht, räumt Geschirr zusammen, wäscht sich dann das Gesicht. Stroheim wendet sich langsam der Tür zu und geht.
– Soll ich ihm was ausrichten?
– Nein. Danke. – Auf Wiedersehen.

Stroheim geht langsam hinaus, er schaut, als wolle er noch etwas sagen, steigt dann aber in sein Auto. Nadja betrachtet ihn vom Fenster aus. Stroheim bemerkt sie und winkt kurz, Nadja reagiert nicht, schaut aber auch nicht weg. Stroheim fährt.

Nadja überpudert ihre Flecken, schminkt sich stark. Der Vater kommt nach Hause.
– Nadja. Bist du da?
– Ja. – Warst du in der Stadt?
– Ja.
– Hast du etwas eingekauft?
– Es waren Blumen auf Mutters Grab. – Wo gehst du hin? Auf die Kirmes?
– Nein.
Der Vater gibt sich wohl mit der Antwort zufrieden und geht in sein Zimmer (gute Nacht, Vater).

Nadja steht auf dem Parkplatz.
Ein Kleinwagen rast heran. Er bremst scharf und kommt zehn Meter hinter Nadja zum Stehen. Sie läuft hin. Als sie den Wagen erreicht, gibt der Fahrer wieder Gas, hupt und fährt davon.

Nadja schlendert umher. Autoskooter, Schießstand, Zuckereien, Lose, Wein, Würstchen.

Irgendwo lungert die Dorfjugend herum oder dreht am Rand des Platzes auf trostlosen Mofas ihre Runden.
Stroheim steht mit drei alten Männern an einem Weinstand, sie trinken.
Nadja schießt fünf rote Plastiknelken.
Sie geht auf Stroheim zu, küßt ihn auf die Wange und gibt ihm die Blumen.

(Pilotbrief)
Lieber R.,
vielleicht habe ich Sie nur geträumt. Wenn dies der Fall ist, dann schreiben Sie mir bitte sofort!
In Liebe
Stroheim

Lieber Rosenbaum,
gehören wir zu den Uraltwahnsinnigen oder den Koordinationsgehilfen? sagte ich dir: ein Mädchen ißt einen Pfirsich über den Hof. Mit meinen Zeilen häufe ich Altlasten an, die dir irgendwann die Freude am Begatten verderben werden. Welchen Wallungswert wirft unsere Fehlrahmung noch ab? Was machen die Auflösungsbeauftragten, wenn ihre Behörde geschlossen wird? Und was machen sie mit ihrer Hüftverliebtheit und Taillenbegeisterung? Unsere gescheiterte Frauenübernahme hat die Pirole vertrieben. Und all die trauernden Mütter. Sie träumten ja nur davon, von mir in den marginalen Fundus des Jahrtausends aufgenommen zu werden. Aber gibt es Schlimmeres als ein mißlungenes Lob, wenn die Tage funktionieren? Statt Rosinen Granatäpfel zu nennen, sollte man an blinde Jungfrauen denken und ihre aussichtslosen Kämpfe gegen die Fruchtfliegen. Und, Rosenbaum, liefern Sie mir keinen defizitären Gottesbeweis mit untergelegten Bierdeckeln.
Vom Ehrgeiz zerfurcht und zerfressen
Ihr Stroheim

Lieber Rosenbaum,
die Urteile über die eigene Situation sind ja eine Farce. Ich setzte mich stundenlang auf eine von gelangweilten Schlüsseln und Messern zernarbte Bank und wartete. Die Ameisen betrachteten mich nach langer Zeit als natürliche Gegebenheit, suchten mich nach Eßbarem ab, freuten sich der Wärme meiner Haut. Orangeschwarze Wanzen kämpften sich, den angenehmen Geruch des Gegorenen witternd, meinen Unterarm herauf, und ich war ganz eins mit dem Weltgeist. Blieben die Ameisen also, wo sie waren, und die eine Wanze, die sich tatsächlich auf meinen Arm verirrt hatte, schnippte ich leider so weit weg, daß es mir nicht möglich war, sie zu zertreten, ohne aufzustehen. So erwies sich alles im Wandel der Zeiten. Die ewigen Gesetze des Lebens (nach denen die vorbeipromenierenden Hundedamen und auch die mit den Kinderwagen funktionierten) offenbarten sich mir. Ich dachte über die Zähmung des Feuers nach, fragte nach einer Zigarette. War das Leben unendlich? Konnte man sich mit Freud einiges ersparen? Von Unruhe getrieben, stand ich auf und spazierte rauchend neben meiner Gönnerin her. Auf einer Brücke angekommen, spuckte ich ins Wasser. Mir schwindelte

leicht, da ich noch nichts gegessen hatte und die starken Gitannes nicht gewohnt war. Der Universalkretin in meinem Kopf flüsterte mir eine paar Worte zu. Ihr unbefangenes Bekenntnis zur vollen Blase gab mir die Möglichkeit, einen nachmittäglichen Cafébesuch vorzuschlagen. Auf dem Weg dorthin entschied ich mich, noch einen Anruf zu tätigen. Lieber Rosenbaum, an diesem Tag erfuhr ich durch Frederic von Ihrem Tod, die beiliegenden Zeilen sind Ihrem Andenken gewidmet.
Stroheim

Lieber Rosenbaum,
ich träumte, ich fand einen Handschuh. Einen Damenhandschuh. Er war gefroren und streckte alle fünf Finger von sich. Ich verstand nicht sofort. Er war schwer, und es war das in ihm, wofür er hergestellt war. Ich spielte mit ihm in der Manteltasche. Zu Hause wollte ich ihn ins Eisfach legen, um Zeit zu gewinnen, aber dann überlegte ich es mir anders und öffnete meinen Reißverschluß.
Später vergrub ich den Handschuh im Garten.
Natürlich lachte ich mich heute morgen über die Symbolträchtigkeit krank. Als hätten die Wiener ihn sich ausgedacht. Aber es gibt ja tatsächlich Augenblicke, in denen die Persönlichkeit zu oszillieren beginnt, etwa wenn man einer jungen Mutter unvermittelt unter den Rock greift. Desgleichen, wenn man mit dem Zug in einen Tunnel einfährt und erleichtert feststellt, daß es nunmehr völlig egal ist, auf welcher Seite man aus dem Fenster sieht. Ein Bekannter Freuds rügt diesen dafür, daß er bei der Behandlung der Religion nicht auf diese ozeanischen Gefühle eingeht. Freud antwortet tatsächlich, daß er dieses Gefühl, welches andere Menschen auch schon mal beim bloßen Anblick des Sternenhimmels auf dunkelroten, dann nacht-

grauen Steinplatten auf Balkonen befällt, nicht kennt. Liest man nun diesen Briefwechsel bei einbrechender Dunkelheit am Lagerfeuer, während ein Freund sein Gesicht mit den Händen verhüllt, kann man nicht daran zweifeln, sich an einer frühzeitlichen Kultstätte zu befinden, die merkwürdig angeordneten Bäume um einen her versichern das auch eifrig, und Nadja schleicht katzenhaft von hinten heran und streichelt meine Wange mit ihrem blutigen Stumpf.
Stroheim, Freunde

Lieber Rosenbaum,
die Sache mit dem Neger und dem Taschentuch ist noch nicht ausgestanden! Wie ich von meiner Nachbarin erfahren habe, sind Sie gegen meinen Willen, oder doch auf jeden Fall, ohne mich zu fragen, in meine Wohnung eingedrungen und haben sich sogar meiner Aufzeichnungen bemächtigt. Wie wollen Sie das jemals rechtfertigen? Ich behalte mir alle Schritte vor. Grüßen Sie mir meine Nadja, und essen Sie einen Pfirsich über den Hof.
Mit besten Landmachergrüßen
Ihr Stroheim

Rosenbaum,
ißt ein Mädchen einen Pfirsich über den Hof? Ich werde mich an Nadjas Zeitschrift für oszillierende Grüntöne nicht beteiligen. Warum toben die Heiden? Den Diskoaufenthalt könnte man in der Tat zu einem Racheakt nutzen: Junges und mittelaltes Publikum. Caroline und Nadja machen sich auf der Toilette frisch und hübsch. Irgendwann entdeckt Nadja den LKW-Fahrer mit seiner Freundin. Es wird beschlossen, eine Schau abzuziehen. Als der LKW-Fahrer kurz weg ist, kommt Nadja mit seiner Freundin ins Gespräch, beiläufig stellt sie ihr die Frage, ob ihr Freund ihr auch seine Arbeitskollegen schicke. Das Ganze endet in einer amüsanten und fürchterlichen Szene. Ich bin nervös, ich kann alles, mein agnostischer Verunglimpfungskeilriemen hält durch. Aber die Naherwartung wirkt sich bekanntlich kirchengründerfeindlich aus. Ihr Gewand war gwyrrd, ihre Augen glas und ihr Haar llwyd mit im Alter zunehmenden Grauanteilen. Hier also mein Vorschlag zur Änderung des menschlichen Umgangs: Gleiche Anzahl von Worten, Silben oder Buchstaben in Fragen und Antworten/durchweg nur anagrammatische Erwiderungen erlaubt. Rosenbaum, das würde die Fairneß

unseres entscheidenden Gesprächs erhöhen, ins Absolute steigern.
Sie werden behaupten, ich übertreibe. Aber ich darf alles.
Stroheim

Lieber Rosenbaum,
ich habe mir nach und nach nicht mehr die Mühe der Zensur gemacht. Wenn ich mich Nadja näherte, stand für mich kein Kunstgedanke im Vordergrund. Als ich versuchte, ihre vollkommene Biographie zu schreiben, und auch Dokumente ihrer Existenz zu sammeln begann, glaubte ich noch, nicht nur ihr Leben vom Zeitpunkt der Fertigstellung an völlig in der Hand zu haben, sondern auch in der Art des großen Drehbuchs die Vergangenheit von allem, was nicht ich war, reinigen zu können. Einen Index der Vernichtung mußte ich neben der Erschaffung unseres Guten Wahren Schönen aufstellen. Das Wort ist eine Erfindung des Schreis. Jede Begegnung als erste Begegnung zu begreifen, war mein höchstes Ziel.
Sich einen Namen geben, schon etwas Vermessenes.

Nadja sitzt auf der Brücke, sonnt sich. Frederic kommt auf einem Mofa angefahren, läßt es spektakulär fallen, setzt sich zu ihr.
Er berührt eine Schürfwunde an ihrer Schulter.
– Tut's noch weh?
– Nimm die Flossen weg.
– Ich wollte das nicht.
Ein LKW hält auf dem Parkplatz an.
Ein älterer Fahrer steigt aus. Er winkt Nadja zu.
Nadja steht auf und geht. Frederic hinterher. Frederic:
– Schlaf mit mir.
Nadja dreht sich um, sieht Frederic entgeistert, dann belustigt an.
– Wie kommst du drauf?
Nadja geht auf Frederic zu, er weicht etwas zurück.
Frederic:
– Warum nicht?
Nadja stößt Frederic vor die Brust.
– Warum sollte ich?
Frederic weiß nicht, was er sagen soll. Nadja wirft ihn mit einer Art Judogriff ins Gras. Er liegt auf dem Rücken. Sie kniet neben ihm, knöpft ihm die Hose auf, er wehrt sich sporadisch.
– Was bekomm ich dafür?

Nadja hat Frederics halbschlappen Schwanz in den Fingern.
Sie steht auf, schaut Frederic spöttisch an. Er beeilt sich, die Hose zuzuknöpfen und aufzustehen.
Nadja:
– Du mußt etwas tun.
Nadja sucht sich einen Kiesel in der Größe eines Säuglingskopfes, Nadja geht zurück zur Brücke, Frederic folgt ihr. Nadja legt den Stein über der Fahrbahn auf das Geländer.

Der Wagen Stroheims steht in der Nähe des Hauses am Weg.
Stroheim schlendert umher.
Nadja geht auf ihn zu, neben ihm her.
Stroheim entdeckt einen Igel, der kugelt sich ein. Stroheim hebt ihn vorsichtig mit bloßen Händen aus dem Gebüsch. Er legt das Tier ins Gras und setzt sich in drei Meter Entfernung dazu.
Nadja setzt sich neben ihn. Der Vater beobachtet sie aus dem Haus heraus.
– Waren Sie schon drin?
– Nein. Weißt du, ich kannte deine Mutter.
– Interessiert mich nicht.
– Vielleicht werde ich mir hier ein Stück Land kaufen.
– Sie sind verrückt.
– Was suchen Sie hier?

– Man könnte sagen, ich bin von zu Hause ausgerissen.
Der Igel streckt vorsichtig seine Schnauze vor und verschwindet wieder ins Gebüsch. Stroheim steht unvermittelt auf.
– Ich komme morgen abend.

– Wer war das?
– Ich hab ihn gestern auf der Kirmes kennengelernt.
– Was wollte der hier.
– Er sagt, er interessiert sich für ein Stück Land. Er kommt morgen noch mal.
– Morgen.
– Denkst du dran einzukaufen, wenn du in die Stadt fährst.
– Du gehst noch mal weg?

Nadja steht auf dem Parkplatz. Das erste Auto, ein Kleinwagen, stoppt.
Caroline kurbelt die Scheibe herunter.
– Können Sie mich nach M. mitnehmen?
– Steig ein.
Zwischen den Beinen Carolines eine Flasche Rotwein.
– Ist es noch weit nach M.?
– Eine halbe Stunde.

– Ich bin müde.
Caroline bietet Nadja eine Zigarette an. Sie rauchen. Caroline reicht Nadja die Rotweinflasche.
– Du gehst bestimmt in die Disko.
– Ja. Vielleicht.
– Kennst du einen Ort namens C.?
(Nadjas Heimatort.)
– Das ist ganz in der Nähe.
– Gibt es dort ein Hotel?
– Da gibt's eigentlich nichts. Was wollen Sie in dem Kaff?
– Sag Caro zu mir. – Ich suche jemanden.
Sie erreichen die Stadt M.
Caroline läßt sich erschöpft in ihren Autositz zurückfallen und schließt kurz die Augen. Nadja greift nach ihrer Hand.
– Du hast kalte Hände.
– Wie heißt du eigentlich?
– Nadja. – Hast du keine Lust mitzukommen?
– In die Disko?
– Ja. Warum nicht?

Caroline und Nadja stehen an der Rezeption eines Hotels.
– Hätten Sie ein Zimmer? Für mich und meine Tochter.

Nadja und Caroline werfen die Schuhe in eine Ecke und setzen sich aufs Bett. Caroline streicht Nadja übers Haar. Nadja:
– Was tust du eigentlich hier?

Nadja steigt in einen Bus ein, es ist nicht mehr früh, die Straßen sind belebt.

Der Vater zieht sich einen Anzug an, rasiert sich, räumt etwas auf, fährt in die Stadt. Dort kauft er zwei Blumensträuße.

Carolines Auto steht vor der Dorfkneipe.
Sie steigt aus und betritt das Lokal. Eine hübsche Frau hinter der Theke.
Am Tresen stehen drei alte Männer.
Um etwas zu bestellen muß Caroline in ihre Mitte treten. Das Gespräch der Männer verstummt. In der Stille bestellt Caroline einen Kaffee. Dann einen Kognak. Sie sieht die Männer an, die sie ihrerseits anstarren, und sagt aus Verlegenheit etwas Dummes:
– Ich suche einen Mann.
Einer der drei tritt unangenehm an sie heran.
– Madame. Viele Frauen suchen einen Mann.
Gegrinse und unterdrücktes Gelächter. Sie sagt

den Namen des Mannes. Nie gehört. Sie zeigt ein Bild. Nie gesehen. Caroline weiß nicht weiter, sie bekommt ihren Kaffee.

Der Vater kommt nach Hause, Nadja ist nicht da, er schaut in ihr Zimmer, auf dem Bett steht eine kleine Sporttasche.
Er macht sich eine Flasche Wein auf.

Nadja sitzt auf der Brücke, ihre Beine baumeln in Richtung Fahrbahn. Stroheims Wagen kommt langsam über die Brücke gefahren. Nadja dreht sich nicht nach ihm um.

Stroheims Wagen steht vor der Tür. Nadja geht ins Haus. Der Vater sitzt im Anzug auf seinem Sessel. Sein Kinn ist auf die Brust gesunken.
Nadja schließt ihm die Augen.
Sie geht in ihr Zimmer, hängt sich die Tasche über die Schulter und sperrt den Kater, der in der Küche herumstreicht, in einen Katzenkorb.
Sie verläßt das Haus, öffnet die Kofferraumklappe, stellt ihre Tasche in den Kofferraum; den Katzenkorb auf den Rücksitz. Der Kater schreit.
Nadja steigt neben Stroheim in den Wagen.
Stroheim läßt den Wagen an.

DRITTER TEIL

Elftes Kapitel

– Stellen Sie sich vor, der Alte hat mich nie angerührt.
Rosenbaum reagierte nicht.
– Haben Sie gefunden, was Sie suchen?
Sie hatte sich umgezogen, trug ein schwarzes Kleid, Pumps, und sie roch sehr süß, aber nicht zu süß. Rosenbaum ging hinter ihr her und starrte ihre Waden an.
– Wieso haben Sie einen so alten Mann geheiratet?
– Wegen dem Geld.
– Wegen des Geldes.
– Ja.
Er sah die Frau an der Kasse eines Supermarktes stehn, mit drei Schachteln Weinbrandpralinen, Gin und Campari. Aber wie einfach hatte er es sich wieder gemacht, tatsächlich hatte sie einen brauchbaren Scotch im Haus und fuhr ein Tablett mit belegten Broten auf.
– Sie müssen entschuldigen, ich verhalte mich manchmal etwas seltsam.
– Ist mir nicht aufgefallen.

– Dann gehn Sie mit mir ins Theater, oder besser ins Kino.
Sie zog ihre Schuhe aus und lief nun auf Samtpfoten über den flauschigen, champagnerfarbenen Teppich, um eine Flasche Weißwein aus dem Dornröschenschlaf zu wecken (ein kaum hörbarer Kuß, und der Mund öffnete sich). Sie zog sich die Lippen nach.
– Dieses Rot steht Ihnen gut.
– Danke. Weil es mich nicht jünger macht, als ich bin. Witwen altern schnell.
– Ich kenne mich nicht aus mit Witwen.
– Wie viele schwarze Melonenkerne befinden sich auf diesem Schälchen?
– Ich kann das Schälchen nicht sehen.
– Egal.
– Fünfzehn.
– Dreiundzwanzig.
– Fast.
– Aber Sie hatten recht. Es sind noch acht weiße drauf.
– Ich verstehe.
– Sie sagen, Sie verstehen.
– Ihr Mann wurde sehr alt.
– Und weise.
– Alt und weise.
– Er sagte immer: Altersweisheit ist keine Weisheit, sondern eine pathologisch bedingte Anpassungserscheinung.

– Also doch. Alles ein Teil der Nummer.
– Was machen Sie, wenn Sie schon kein Kunstmaler sind?
– Ich bin Regisseur.
– Ach, mit welchen Arbeitsgebieten?
Rosenbaum wartete einen Moment, zündete sich eine Zigarette an und trank sein Glas leer.
– Spielfilm. Nur Spielfilm.
– Was haben Sie gedreht?
Ein tiefer Blick in die rauchigen Fluten.
– Ich suche noch nach dem passenden Drehbuch.
– Möchten Sie nicht selbst eines schreiben?
– Wo denken Sie hin. Ich bin Regisseur.
– Und kein Autor.
– Genau.
Sie öffnete die obersten und die untersten zwei Knöpfe ihres Kleides, zweifellos war ihr heiß.
– Was war ihr Mann, außer Hausbesitzer?
– Ein Medium.
– Mit wem hat er kommuniziert?
– Mit niemandem. Er war ein absolutes Medium.
– Das heißt?
– Er konnte nachweisen, daß es keine Geister gibt.
– Das leuchtet ein. Und ansonsten?
– Reicht das nicht?
– Nein.
– Er entschlüsselte die Weltformel.
– Aber war nicht in der Lage, ein Kleid mit vier Knöpfen zu öffnen?

Eine große gedankliche Leere breitete sich aus, als hätte die Weltformel jeden Sinn und alle Worte aufgesogen und Mann und Weib in knisternder Ratlosigkeit zurückgelassen. Spätestens jetzt wurde Rosenbaum klar, daß es an der Zeit war, die Flucht zu ergreifen. Es gab Verwicklungen, denen man einfach durch räumliche Separierung entgehen konnte. Mit dem sinnlosen Versprechen, sich wiederzusehen, schied er von ihr, steuerte, ab und zu über die eigenen Füße stolpernd, wie es glücklichen oder betrunkenen Menschen eigen ist, ein Café an, ließ sich das Telephon zeigen.
Eine Freundin sei zu Besuch. Dennoch versprach Nadja, so schnell wie möglich zu kommen. Rosenbaum bestellte ein Hefeweizen und setzte sich. Er beobachtete ein Mädchen, das eine Vorliebe für französische Literatur hegte, wie sie kurzhaarigen Mädchen bis dreiundzwanzig so gut steht. Mit hoffnungslos weißer Haut vertiefte sie sich in ein großes gebundenes Buch. Rosenbaum beschwor, daß sie rote Wäsche trug und einen langhaarigen Freund hatte; Tatsache ist, daß sie ein Buch mit dem Titel »Die französische Literatur in Einzeldarstellungen« in den Händen hielt und nicht einmal zu Rosenbaum aufschaute, wie es an solch einem Tag zweifellos ihre Pflicht gewesen wäre. Das Mädchen las und erzielte Seitenfortschritte. Die gescheiterte Frauenübernahme hatte die Pirole vertrieben. Wie erklären Sie sich, daß es in Frankreich keinen lite-

rarischen Expressionismus gab? Glauben Sie, die Verwirklichung von Napoleons Europakonzeption hätte die französische Literatur beeinflußt? Bevorzugen Sie Calvados oder Ricard und zu welchem Dichter? Aber sie trank einen Milchkaffee und beachtete Rosenbaum nicht. Wußten Sie, daß man sich in Wien seine Mohren ausstopfen ließ? Das sind Verbindungen, die ein Nulleinser niemals hinbekommt. Wo kommt das her? Vom dunklen Hefeweizen, oder eher vom Kaffee? Die Mohren werden aber nicht ausgestellt, sondern schimmeln in irgendwelchen Kellern. Erzählen Sie mir eine Geschichte aus der französischen Provinz, statt sich mit diesen Verkürzungen abzugeben. Die Geschmeide entstehen ja in der Provinz, um im Bad der Metropolen gehärtet zu werden, wenn Sie diesen etwas angreifbaren Stil erlauben. Was soll man zu den jüngsten Ereignissen sagen, wo soll man nach den Zeugnissen seiner Existenz suchen. Das Mädchen mit seiner Einzeldarstellung benutzte eben einen anderen Schlüssel, schaute deshalb nicht zu Rosenbaum auf, den der Gedanke beschäftigte, daß es im Frühling und im Sommer mehr Mädchen und Frauen gab als in Winter und Herbst. Eine Folge des Kreislaufs der Aale, des Loches im Netz der Zeit, der Sterbekerzen und der sitzenden Frau seines Bruders. Rosenbaum erhoffte nur einen stärkenden Blick, von einem Glas Wasser wird man nicht mehr erwarten dürfen, als daß es den Durst stillt. Nie und nimmer hätte man sich von der Kadenz entfernen dürfen. Es war mutmaßlich eines jener Mädchen, das leichte Fragen in die Ecke warf. Die Küsten werden immer länger, obwohl das Wasser steigt, du wirst keine Blume sein. Es betraten Menschen die Kneipe, die nicht Nadja waren. Rosenbaum plagte wieder das Gefühl, daß die Geräusche ihm Löcher ins Hirn stanzten, die Stimme einer Frau, deren Worte gar nicht zu den Mundbewegungen paßten, die auf dem Weg zur Toilette über das halbe Café hinweg mit ihrem Begleiter sprach, über die Akzidenzien einer gewünschten Salatsauce, ein schlecht synchronisierter Film, dazu irgendeine dreißig Jahre alte Musik, eine aufgewärmte Unverschämtheit, wie sie bei jungen Menschen gerade in Mode war, im Rahmen einer Apo-Theken-Renaissance, allerdings, ohne daß jemand Herrn THW gelesen hätte, außer Rosenbaum, der aber nur die Aufzeichnungen und Entwürfe. Er erinnerte sich an seine Begeisterung für Gedanken aus einer Theorie des Verbrechens, erinnerte sich aber nicht an die Gedanken selbst. Die Denkmale der Humanität beginnen mit dem seltsamen Satz: Immer noch war die Humanität eher in Frankreich zu Hause als anderswo. Auf Spießen bettete Rosenbaum seine Opfer in die Hirnlandschaft. Ein mittelalter Jüngling versuchte einen Stein in das Brett eines blutjungen Mädchens zu dozieren. Rosenbaum war eifersüchtig und fand die

Konstellation widerlich. Das Mädchen hatte eine Kette aus dem Urin riesiger Meeressäuger um den Hals. Der Mann war eine Ausgeburt an geckenhafter Häßlichkeit. Es gingen sehr ernste Dinge vor. Der Pegel des Glases, zum Beispiel, senkte sich bedrohlich. Nadja kam nicht, und er erinnerte sich an eine Party in Jugendtagen; er hatte ein Mädchen begehrt, war aber unfähig, seinem Verlangen Ausdruck zu verleihen, und saß irgendwann am Hinterausgang betrunken auf einem Heizkörper, als die Herzdame mit einer Abendbekanntschaft lächelnd und schulterzuckend an ihm vorbei einem Wäldchen entgegenrauschte. Das sind, abgesehen von Tod und Krankheit, die schlimmsten Momente im Leben eines Homo sapiens. Irgend etwas von diesem schulterzuckenden Vorbeirauschen lag im Blick des kleinen Mädchens, das im vollen Bewußtsein, eine pragmatische Lösung zu akzeptieren, sich mit dem Notnagel unentschiedenen Alters von der Motorik eines lallenden Schicksals zufriedenstellen ließ. Das mit den Frauen am Feuer lernt man schnell auf verlängerten Heimwegen, aber was meinte der Mittelalte mit dem Fresko des Chaos, und was sollten die zarten Brüste damit anfangen? Nun startete der Barmann eine hektische Band, deren Logo ein römisches Hinrichtungswerkzeug im Parkverbot zeigte. Rosenbaum fragte sich, ob die Anbetung dieses Symbols (ohne Umrahmung), welches mit Verlängerungen in der indischen Ornamentik vorkommt und dem ein Österreicher in der Weiterentwicklung paulinischer Lehren zu Weltruhm verhalf, im Sinne des Stifters gelegen hätte. Solche ideologischen oder ideologiekritischen Reflexionen ergriffen hauptsächlich von Rosenbaum Besitz, wenn er schlimme Befürchtungen hegte, in diesem Moment handelte es sich darum, daß Nadja nicht kam. Er schloß einen Moment die Augen und glaubte, auf einer Heizung zu sitzen. Das sind Erinnerungen, die bleiben, der erste Filmriß, der erste Autounfall, die erste Schlacht mit blauem Degen.

Nadja kam nicht, und das nächste Bier wurde zum Essigschwamm. Das Mädchen mit den Einzeldarstellungen war in eine Stendhalsche Erzählung entwischt, hatte im Hinausgehen einen kurzen, aber allwissenden Blick auf Rosenbaum geworfen. Dieser hatte in dem Moment allerdings seine Äuglein geschlossen und konnte so ihre langersehnte Aufmerksamkeit nicht erwidern (was sie vielleicht vor etwas bewahrt hätte, von dem wir nichts ahnen). Rosenbaum stellte fest, daß er kein Geld hatte, um sein Bier zu bezahlen. Da halfen auch partielle Kenntnisse der Weltformel nicht. Er hatte gar keine Lust nachzudenken, seit welcher Zeit Nadja, nach menschlichem Ermessen, hätte da sein müssen. Jetzt erst recht bestellte er sich einen Schnaps, einen Calvados (die einzige Konsequenz, die aus der vollständigen Einsicht der Weltformel zu ziehen

ist, besteht in einer marginalen Umstellung der Ernährung).
Es blieb also nichts, als noch einmal zu telephonieren. Er tippte ihre Nummer und hielt sich ein Ohr zu.
Er flehte sie an, endlich zu kommen, nie wieder würde er sie mit dem Gedanken an Stroheim belästigen; er wisse jetzt Bescheid, Stroheim sei für ihn gestorben, er glaube, daß sie nichts mit ihm zu schaffen habe.
Nadja erwiderte kalt wie eine Lanze, das sei völlig klar, weil Stroheim überhaupt nicht existiere. Dann legte sie auf, und Rosenbaum war ganz sicher, im Hintergrund seine Stimme gehört zu haben.

Zwölftes Kapitel

Lieber Rosenbaum,
von den Begierden und Gewohnheiten des Körpers befreit, dauerte es Ewigkeiten, bis wir, denen man später den Namen Götter gab, uns an den vormals herbeigesehnten Zustand gewöhnt hatten. Die meisten hätten sich in den ersten Unendlichkeiten – und ich nehme mich da nicht aus – wohl umgebracht, wäre das noch möglich gewesen. Auch uns sagte man damals, daß der Tod wie das vielbemühte Schwert des Damokles über jedem bewußten Leben hängt, und daß dadurch das Sein ein wertvoller Zustand wird, aber wir hörten nicht. War es nun der Ehrgeiz unserer Gelehrten, die, den irdischen Problemen nicht gewachsen, sich mit solcherlei Ergebnissen der Magie zuwandten, oder war es unser ungeheurer Glaube, der das Wunder ermöglichte? Die Geschehnisse dieser Zeit liegen im Dunkeln. Auch wenn es schwer glaublich klingt, unser Denken endet vor den Toren dieses sowie tausend anderer Rätsel, und ist unsere Zeit auch unbegrenzt, so werden wir dennoch zu keinem Re-

sultat gelangen, aus dem Konsequenzen zu ziehen wären. Diese Erkenntnis, wenn es denn eine ist, hat viele von uns zur Verzweiflung getrieben. Sie sehnen sich nach dem Tod, versuchen erbittert, den Kosmos mit seinen Gesetzen aus den Angeln zu heben (man sagt, von ihnen rühre das Elend auf der Welt). Doch andere, und zu denen zähle ich mich, haben sich in verschiedene Ecken des Universums zurückgezogen. Von dort beobachten sie das Treiben der Sterblichen. Ihr Lachen hallt weit durch den leeren Raum, und sind sie nicht glücklich, so doch zufrieden, und das Zappeln der Ärmchen und Beinchen hält ihnen die Langeweile der Äonen vom Geist (H. v. K.). Auch wenn unsere Beziehung aufgrund unserer gemeinsam ausgelebten Vorliebe für Nadja, wobei ich einen weniger prätentiösen Namen bevorzuge, nie unproblematisch war, hielt ich ihre Reaktionen und Einschätzungen immer für unglücklich. Trotz Nadjas Verstrickung in die jüngsten Ereignisse, für welche ich gerade Sie in größtem Maß verantwortlich machen muß, sind die allgemeinen Urteile über die Situation ja eine unverschämte Farce. Die Konstellation vollständig zu erhellen ist mir aus meinem Exil nicht mehr möglich, dazu bedürfte es meiner Drehbuchaufzeichnungen, die aller Wahrscheinlichkeit nach schon in Unordnung gebracht und somit vernichtet worden sind. Aber man kann im nachhinein alles neu erfinden und damit den Zufall als konstituierende Größe in der Beurteilung posthum ausschließen. Das Wesentliche an einem Menschen kommt erst dann, wenn wir ihn als für uns verloren ansehen müssen, in der Zeit, in welcher dieser Mensch nur noch von uns Abschied nimmt, zum Vorschein. Dabei war ich mit der größten Vorsicht darauf bedacht gewesen, niemanden zu verletzen. Ich muß ja aufrichtig und also rücksichtslos und doch auf alle Betroffenen achtgebend vorgehen, das machte diesen Brief lange Zeit unmöglich. Aber gegen die normale ununterbrochene Verfinsterung meines Gemüts, nichts zu tun, bringt mich in Verzweiflung. Es ist fürchterlich, daß man einen Menschen, von dem man weiß, daß er durch eine Abwegigkeit, eine Unnatur an sich oder durch ein Verbrechen gegangen ist, wie in meinem Fall, solange er lebt, nie mehr anders als in Zusammenhang mit seiner Abwegigkeit und seinem Verbrechen anschauen kann. Kein Mensch tut etwas freiwillig, der freie Wille ist ja Unsinn. Nadja war aber doch so grauenhaft konstruiert, daß sie mich ununterbrochen beschäftigte, zunächst auf angenehme Weise, später unerträglich, aber das ist die Dummheit einer aus Vorteil und aus Nachteil und aus sonst nichts bestehenden Welt. Die Gefühle völlig frei zu Gedanken und die Gedanken völlig frei zu Gefühlen machen zu können, das ist die ideale Magie. Aber der Mensch liebt sein Elend, und ist er einen Augenblick ohne sein Elend, tut er alles, um wieder in seinem Elend zu sein. Wenigstens mißverstanden zu werden ist ja die Absicht dieser Zeilen. Ich denke jetzt oft an Nadja. Aber ich sehe sie meistens nicht lebend, sondern tot. Abgesehen von der ausartenden Brutalität der Landeskinder ist der Aufenthaltsort aber doch der mir gemäße. Nadja hatte die Bewunderung, die ich in mir für sie erzeugte, folgerichtig wieder zerstört. Im Grunde bin ich jetzt mittellos. Das von uns erbeutete Geld ist entgegen den offiziellen Angaben verlorengegangen. In den Redaktionen herrscht grauenhafte Willkür. Ich glaube auch, daß ein Gebäude Menschen vernichten kann, ein Zimmer. Aber ich wollte hier ja etwas richtigstellen, wie können wir uns nur einreden, mit einem Menschen nicht allein zu sein (letzter Satz: Du brauchst deine Tasche gar nicht mehr auszupacken). Ich bin also zu folgenden Ergebnissen gekommen: Im allgemeinen habe ich sehr weit geöffnete Augen, die alles durch sich hindurchlassen, die alles in sich hineinziehen. Das Ganze eignet sich kaum für eine Tischrede, und das Jüngste Gericht findet nicht statt, findet im Kopf statt (diese seltsame Zärtlichkeit im Traum an realem Fleisch nach der Tat, so könnte es gehen). Ihre kleinwüchsigen Auslegungen meiner Taten sollten Sie noch ein paar Augenblicke zurückstellen, wir mußten uns ja von Beginn an als von Nadja inthronisierte Naturfeinde gegenüberstehen. Das alles hat sich über Jahre hinweg

entwickelt, und hinsichtlich des Verbrechens besteht die größte Qualität eines Sammlers in der Fähigkeit, sich von überflüssigen Stücken trennen zu können. Habe ich Sie, wo wir doch einiges teilten, zu lange über das große Drehbuch im unklaren gelassen?
Es haben sich schon viele mit großem Eifer bemüht, aufzuzeichnen, womit sie ihren Namen bekannt machen könnten. Ich wandte größte Sorgfalt auf, um meine Taten darzustellen. Ich setzte alle Kraft daran. Ich demonstrierte mein ganzes Können und bewies mein Geschick durch die Makellosigkeit der Ausführung, ich verhielt mich regelgerecht und schlicht, ließ mich nur von den Erfordernissen der Reinheit leiten, höchste Freude ohne Regelwidrigkeit war mein Ziel, ich ließ mir keine Zeit fehlen. Ich bemühte mich um die Geisteskraft der Griechen, in Feld und Wiese war ich mutig. Ich verfolgte mit Ausdauer das gute und nützliche Ziel, aus eigener Einsicht. Nadja hatte nichts zu fürchten, solange ich gesund unter euch weilte (schon damals erging die Forderung, das Wort mit festem Willen in die Tat umzusetzen). Ich orientierte mich an der Mondverfassung, um den richtigen Zeitpunkt herauszufinden (das Zappeln hielt mir die Langeweile der Äonen vom Leib). Hier scheint die Sonne, und die Stunde scheint frei genug zu sein, um diesen Brief heute noch zu Ende zu bringen, eine Stunde, in der das

Schlimmste gesagt sein will. Ich habe Augen, die keine mehr sind. Nadja weinte, aber sie weinte nicht wegen mir. Wie oft habe ich das umgewendet? Lieber Rosenbaum, Nadja war die Bringschuld der Welt mir gegenüber. Sehen Sie, ich kann mir auch Besseres vorstellen; mir schwebte früh eine Einheit von Leben und Werk vor; die Zahl als Überschrift des Menschen, verantwortlich für Ordnung und Selbstmord, die Lehrjahre des Numerischen als Gruß und Willkomm in der Welt, Fünfersystem und Zehnersystem. Wir erben ja sofort die Zahl als Idee überhaupt, als Religion, Farbe, selbst als Geruch. Ort und Markierung. Soll und Verbrechen. Lieber Rosenbaum, verstehen Sie noch etwas vom karierten Tischtuch, oder wurde diese Art von Kulturerbe längst liquidiert? Wäre mein Verhalten der Schulnorm nach als einsichtiges Verhalten zu werten gewesen? Einsichtiges Verhalten definiert sich als Lösen eines Problems aufgrund der Kombination von Gedächtnisinhalten (als kleiner Vorgeschmack sind die an diesen Brief angehefteten Blätter zu verstehen). (Die Zahl ist der wahre Endsieg der Schöpfung.) Wie waren vor dem Verbrechen Lernentwicklung, Arbeitsverhalten, Sozialverhalten und Bildungswille zu beurteilen (wie sie nach dem Genuß von Walnüssen nach Samen aus dem Mund roch. – Ich hoffe, daß sich das alles irgendwann einmal vollständig aufklären wird. Was in meiner Macht steht, will ich gern zur Erhellung beitragen, wozu dieser erste Brief der erste Schritt ist). Ist es denn möglich, etwas Offensichtliches vier lange Jahre lang zu verheimlichen. Aber jetzt beschäftigt mich das bescheidene Strandleben, und abends esse ich im gleichen Etablissement wie die örtliche Polizei. Ich nutze die Tage. Die Wege zur Zelle sind als einzige im Gebäude mit Teppich ausgelegt, damit die Gefangene die Schritte nicht hört. Sie wird in Kellerräume geführt, die nur wenigen Menschen bekannt sind. Einer dieser Räume war sehr dunkel (dennoch trug Nadja eine Augenbinde). Am Boden befand sich ein Abfluß, und in einer Ecke gab es einen Wasserhahn. Als ich Lust dazu verspürte, hielt ich die Waffe in die Nähe ihres Genicks, ohne sie jedoch dabei zu berühren (zittert der Delinquent, erschwert das die Sache). Das Ganze hat einen Namen, bei dem der Aspekt der Unerwartetheit betont wird. Lieber Rosenbaum, Sie erinnern sich vielleicht, auf der Rückfahrt ging jemand hinter mir her, dabei kam mir die Idee, die Sache auf diese Art zu klären. Abfluß und Wasserhahn dienten der Reinigung des Raums (der leichteren). Sie werden einsehen, daß dies eine saubere und humane Art war. Sie zitterte nicht. Sie war unmenschlich selbst im Tod. Nadja beschrieb anschaulich, treffend und grammatisch fehlerfrei und hatte viel Spaß am Erfinden eigener Geschichten. Sie löste Additions- und Subtraktionsaufgaben zügig und fast fehlerfrei. Sie malte sehr schön, thema-

bezogen und farbenfroh. Sie hätte ihre Hefte etwas sorgfältiger führen können.
Ihr Stroheim

Dreizehntes Kapitel

Ein weiser Spruch räumt ein, daß Elstern nur mit gestohlenem Holz Nester bauen. Keinem anderen Vogel würde man einen ähnlichen Vorwurf machen. Schiller verwarnt den Menschen, nicht zu früh nach der Zensur zu rufen.

Rosenbaum hat mich, Frederic, mehrfach um Hilfe gebeten, Aufschlüsse über Stroheim, seine Existenz, sein Verschwinden, seine Nadja zu erlangen. Sie mit Ordoschwertern aus dem Dornengestrüpp der Sinnlichkeit zu befreien (man entferne sich etwas vom Papier und lese Ordensschwestern, gegen diese Art Taschenspielertricks, gefährlichen Relativismus und Skeptizismus gilt es vorzugehen). Aber wo soll man anfangen, wo soll man den Spaten ansetzen? Bei einem Initiationsritus in einem Kleinwagen, kein X 1/9! Bei dem Gedanken der Bruderschaft, der wahlweise Gedanken an Geheimbünde oder inzestologische Verwicklungen nahelegt, vielleicht sogar beides? Vor den Fallstricken meines erdgebundenen Lebens muß ich, Frederic, auf der Hut sein, den Gedanken, daß ein menschliches Leben viel zu kurz sei, ein menschliches Leben zu erklären, muß ich weit von mir weisen. Die Fundamente erschüttern, die mir zugänglichen Quellen prüfen und erwägen; die Anschauung des Größten und des Kleinsten wird mich zum Einen führen. Wenn alle gescheitert sind, ist niemand gescheitert. Die ungeheure Wahrheit wird sich in einem störenden Nebensatz breitgemacht haben. Der Hummelflug meiner Suche wird den Honig der Gewißheit evozieren (Biologie interessiert nur am Rande), der Raum weiß, wo ich mich befinde, die Existenz besteht aus mehr, als sich mit den Nägeln die Nägel zu reinigen, ich schreibe nicht, was er jetzt denkt. Die Einheit von Raum, Zeit und Handlung werde ich wiederherstellen, die Vereinfachung nicht so weit treiben, die Pferde nicht vor die Wagen zu spannen, den Motor nicht im Automobil unterzubringen. Jemandem wie mir die Suche als Flucht auszulegen ist dabei die größte vorstellbare Unverfrorenheit.

Nach diesen unumstößlichen Grundannahmen (man könnte alles mit unumstößlichen Grundannahmen erklären, eins zu eins erklären, diese Wahrheit begänne mit dem Wort vermutlich und käme nie zum Abschluß) zum Konkreten: Da die Sinne täuschen, gehe ich nicht davon aus, daß Rosenbaum oder Stroheim existieren. Nicht einmal die Existenz Nadjas sehe ich als gegeben an (im Gegensatz zu Descartes, der sein Verhältnis zu augustinischen

Denkansätzen noch heute zu verschleiern sucht, bekenne ich mich zum cartesianischen Denken: Ich kenne den Geruch seines Spermas! Aber was heißt das schon, schlief ich doch im Traum mit einer Pantherdame [ein Tier, keine Metapher, von vorne] und der Schweiß des enttäuschenden Erwachens war echt).

Tatsache ist, daß Rosenbaum seinen X 1/9 aufgrund hoher Schulden verkaufen mußte, und dann aus einem Schuldkomplex heraus, so vermute ich, den Diebstahl des Wagens durch Stroheim und dessen Tod an einem französischen Baum imaginierte.

Soviel.

Zur Untermauerung dieser These eine kurze Analyse einer Stroheimschen Schrift, eines Briefes, der an Rosenbaum gerichtet ist.

Der erste Abschnitt (ungefähr eine Seite) besteht aus einem Text, aus dem Zusammenhang gerissen, in dem es um die Begierden des Körpers geht. Um so verwirrender, weil man erst am Ende des Abschnittes erfährt, um welchen Verfasser es sich handelt, Heinrich von Kleist.

Darauf läßt er sich mit gestelzten Drohgebärden (Wortgesten) über die Dreiecksbeziehung aus, er behauptet, sich im Exil zu befinden, und bezichtigt die Polizei, seine Aufzeichnungen vernichtet zu haben. Über die folgende Passage habe ich sehr lange nachgedacht, ohne zu einem befriedigenden

Ergebnis zu kommen. Der ebenfalls erwähnte Zufall lieferte mir nun den Schlüssel: diese Zeilen stammen ursprünglich aus der Feder eines Österreichberichterstatters, aber Stroheim, seine Briefautorschaft vorausgesetzt, hat sich nicht einmal die Mühe gemacht, selbst wohlfeile Sätze aus dem erzählerischen Werk auszusuchen, sondern er schrieb einfach die willkürlich anmutenden Unterstreichungen einer gewissen H. Schindler ab. Das wohl antiquarisch erworbene Exemplar fand ich in Rosenbaums magerer Bibliothek. Über H. Schindler konnte ich nichts Näheres erfahren, außer daß sie eine bezaubernde Tochter namens Laura besitzt, was in anderem Zusammenhang von Belang ist: Eben der nächste Satz »Ich habe sehr weit geöffnete Augen …« stammt aus dem Theaterstück eines dann doch nicht früh verstorbenen Dichters und wird zweimal von einer Frau namens Laura gesprochen. In anderen Zusammenhängen könnte das Zufall sein, aber Stroheim spricht darauf ausdrücklich von seiner Theaterverachtung. Bei den folgenden Zeilen war mir, ob der umständlichen Ausdrucksweise, sofort klar, daß es sich um eine Übersetzung handeln mußte. Hier beweist sich in mehrfacher Hinsicht die Eigenheit seiner Denkungsart, haben wir es doch mit einer Übersetzung aus dem Deutschen ins Deutsche zu tun. Er mißbraucht die Vorrede eines mittel- oder althochdeutschen Mönches zu der Übersetzung einer drittrangigen religiösen Schrift, um seine Mordabsichten, Nadja betreffend, anzukündigen. Dann verwirren sich seine Gedanken, er erträumt Nadjas Hinrichtung und zitiert vermutlich aus Zeugnissen, die er sich widerrechtlich angeeignet hat, wobei es sich aber nicht unbedingt um Nadjas Zeugnisse handeln muß.

Für den Hinweis auf den mittelalterlichen Autor gilt Rosenbaum mein besonderer Dank (nachdem er mir von dem Rückübersetzungsprojekt Stroheims erzählt hatte, war die Stelle schnell zu ermitteln. Stroheim versuchte tatsächlich, diese Apokryphe bis zur wahrhaftigen Sprache des Schöpfers zurückzuverfolgen, angeblich besitzt er Aufzeichnungen, von denen er behauptet, nur er und der liebe Gott verstünden sie).

Wie gesagt, ein weiser Spruch räumt ein (räumt ein), daß Elstern nur mit gestohlenem Holz Nester bauen. Zu denken gibt mir die Tatsache, daß der angeblich von Kleist entlehnte Text bei dem uns überlieferten Kleist nicht zu finden ist, wohl aber im Jahrbuch »Iduna« der Hölderlin-Gesellschaft, als Hölderlintext deklariert mit dem Vorzitat »Selig, wer das Lachen der Götter vernommen«, angeblich ebenfalls von Hölderlin. Aber auch bei Hölderlin ist weder der Kleisttext noch das angebliche Eigenzitat zu finden; Fachleute rückten den Text eher in die Nähe eines berühmten Prager Spaßvogels, der allerdings nie in einem Satz Universum und im darauffolgenden bereits Kosmos verwendet hätte. Wie schreibt der vielleicht antike Autor: »Auch wenn es schwer glaublich klingt, unser Denken endet vor den Toren dieses sowie tausend anderer Rätsel, und ist unsere Zeit auch unbegrenzt, so werden wir dennoch zu keinem Resultat gelangen, aus dem Konsequenzen zu ziehen wären.«

»Aber da sich alte Meinungen, an die man sich gewöhnt hat, nicht so schnell ablegen lassen, scheint es mir gut, hier einzuhalten, damit sich diese neuerworbene Erkenntnis durch längeres Nachdenken meinem Gedächtnis tiefer einprägt.« (Descartes. Über die Natur des menschlichen Geistes [ich schwöre!])

Ich, Frederic, für meinen Teil, werde nun ein Kino aufsuchen.

Vierzehntes Kapitel

Nach einem kurzen Moment der Ratlosigkeit, in dem auch das angestarrte Plastikblumengesteck nicht weiter wußte, hatten sie sich entschieden, nicht gemeinsam ins Theater zu gehen, sondern statt dessen zu Nadjas Landsitz hinauszufahren, was man immer schon vorgehabt, aber noch nie verwirklicht hatte; um es gleich zu sagen, sie kamen nie dort an.

In ihrem Rüsselsheimer Schlachtroß schleusten sie sich aus der Stadt, verließen die Conurbas und kamen in ländlich-dörfliche Menschensiedlungen. Nur jede zweite Laterne war erleuchtet, und in den Häusern brannten Feuer, Licht wurde von innen durch die Backförmchen aus Fenstern und Rollos ins Freie gepreßt. Er überlegte sich, eine beliebte Floskel über Automatikgetriebe loszulassen, verkniff es sich aber dann und räusperte sich nur beim nächsten Ruck. Sie schwiegen, und er rauchte eine Zigarette mit Nadjas Lippenabdruck am Mundstück. Vor einer Kneipe namens »Zum Leuchthammer« zwang sie ihn mit dem Druck ihrer Hand auf seinem Knie und dem Wort ›hier‹ anzuhalten. Es sei Tradition, vor dem Eintritt in das Schlößchen, hier Bier zu trinken. Sie sagte tatsächlich nicht ein Bier, sondern nur Bier. Es wartete ein etwa zehn Meter langer Raum (der über ihren Besuch überrascht war, sich aber nichts anmerken ließ). Am Ende der Tische, die alle in einer Reihe standen, am Ende dieses Tischtisches also, befand sich die Theke. An den Wänden war von der Tür bis zur Theke (Capetocairo) eine Unzahl gleichgroßer Messinghörner in genau gleichgroßen Abständen von etwa 15 Zentimetern angebracht, zweifellos Kleiderhaken, ein Sonderangebot aus einem vergessenen Jahrzehnt.

– Haben Sie mir endlich mal Ihren Sohn mitgebracht.

Die schwerhörige Namenlose, seit Ohlems Zeiten die Seele und Stütze des Leuchthammers, hatte kurzsichtige Schlüsse gezogen, aber folgerichtig zwei Bier angezapft, bevor die beiden Gäste noch Gelegenheit gehabt hatten, einen guten Tag zu wünschen. Das Bier hatte mit Kohlensäure noch keine Bekanntschaft gemacht, und der Ort flimmerte in einer verwunschenen Unwirklichkeit, wie sie fortlaufend schwachsinnigen Teppichläden eigen ist. Man kann jahrelang nicht dort gewesen sein, es macht nichts, es ändert sich nichts, alte Leute altern ja kaum.

Hinter der Stütze und Seele hing exakt am Zapf-

hahn mittig ausgerichtet ein Bild von ihr, das sie hinter dem Zapfhahn stehend zeigte, in einer Pose, die einzunehmen sie sich ständig bemühte; den Kopf mit dem unordentlichen Dutt zur Seite geneigt, mit einem lächerlich selbstbewußten Grinsen.
Der Sohn trank das Bier in einem Zug, der Leuchthammer roch nach Lack und ungenügend ausgewaschenen Stoffwindeln, darunter mischte sich Brathähnchenduft. Nadja stellte ihm das zweite Bier hin. Er wurde ein hübscher Junge genannt. Nadja: Er ist Regisseur, kurz vor dem Durchbruch. Eine Serie über die Bewohner eines Flures in einem Haus, einem Krankenhaus. Die Alte nickte Nadja anerkennend zu.
Nach dem zweiten Bier hatte er eine schale Vision, die aus dem Magen zu kommen schien, ihn verlangte nach einem Schnaps.

Es geht nicht um die Unterdrückung der ersten Gedanken nach der Tat, ich wollte schlicht eine mir vertraute Regel nicht verletzen. Daß man mir das als Flucht ausgelegt hat, verurteile ich, sagte er, reinigte sich die Nägel mit den Nägeln und roch an dem, was er hervorstrich. Ich stand hinter dem Vorhang und versuchte vorsichtig, meine Sicht zu vergrößern. Mit dem Fuß strich er der vor ihm sitzenden Frau zwischen den Beinen herum. Ich habe ihr Gesicht nicht gesehen, und so konnte ich nicht auf ihr Alter schließen. Er flüsterte, und seine Fußbewegung wurde mechanisch. Überlebt hat sie es ja. Bei diesen Worten zog ich es das erste Mal in Erwägung, aus meinem Versteck zu kommen. Zwei schmale Hände griffen in mein Blickfeld, umfaßten die Ferse und bewegten den Fuß zwischen Schenkeln auf und ab. Hinter meinem Vorhang hielt ich das leichte Stöhnen, das mir unerträglich war und immer unerträglicher wurde, für geschauspielert. Als ich die Augen schließen wollte und meine Hände schon fast an den Ohren lagen, sah ich ihn zutreten und hörte sie schreien. Ich drehte mich um, verbarg mein Gesicht in den Händen, rieb im Haaransatz herum, öffnete die Lippen und leckte zwischen den salzigen Handflächen, bis ich bei den Spitzen der kleinen Finger ankam, zerbiß die langen Nägel. Ich hustete sehr laut, so daß man es auf jeden Fall hinter dem Vorhang gehört haben muß.

Ein Sechzigprozentiger macht den Menschen zu einem besseren Menschen, von innen. Er sah die beiden Frauen, Nadja im kurzen schwarzen Kleid, die andere in einer naturgemäß schmuddeligen Schürze, an der Theke stehen, entfernt, sehr unterschiedliche Schulmädchen. Sie flüsterten miteinander, sie sprachen über ihn. Der Schweiß juckte in seinen Kniekehlen. Zweifellos besprachen sie seine Hinrichtung.

Nadja und die Alte verließen die Wirtsstube durch einen Hinterausgang, um die letzten Vorbereitungen zu treffen; sie stellten ihm zwei Trester hin, im Abstand eines Gesichtes.
Er trank den einen, und sein Magen beruhigte sich, vielleicht war alles nicht so schlimm. Ein paar einfache Worte von Verzweiflung und Würde gingen ihm durch den Kopf. Allerdings zögerte er vor dem zweiten Glas. Die Henkersmahlzeit muß das eigenartigste unter der Sonne sein, dachte er.
An Flucht dachte er nicht, obwohl die Autoschlüssel auf dem Tisch lagen. Er sah sich im Hausflur sitzen, den Kopf auf die Knie gestützt, weinte er, bis jemand unten das Licht anschaltete und das Lachen heimkehrender Menschen ihn verscheuchte. Nadja hatte im Zimmer auf dem Bett gesessen und auf ihn gewartet. Man überrascht sich zuweilen beim Sprechen von Gebeten, bewußt gelingt sodann das Abspulen des vollständigen Textes nicht mehr.
Er rauchte eine von Nadjas Zigaretten – nicht seine Marke, zu stark. Die Beklemmung, die einem nach dem Zwerchfell greift, ist derart, daß man anfängt, sehr schnell und tief zu atmen, vielleicht wie ein Ertrinkender, der das letzte salzige Wasser einsaugt, um die Sache zu beenden. Oder dient dieses Atmen dazu, den alten Schrei zu unterdrücken?
Sie rief ihn bei seinem Vornamen. Noch stand ein Schnaps vor ihm. Er hustete. Dann trank er. Das weiß keiner, wie man den letzten Gang antritt.

Die Hintertür, der Ausgang hinter der Theke, führte in einen kleinen Garten.

Er trat ins Freie. Die beiden Mädchen standen links und rechts von ihm, konnten ihr Kichern kaum unterdrücken.

Nadja bot ihm eine Zigarette an. Er lehnte ab. Auch dies reizte das andere Mädchen zum Lachen, dem sinnlosen Lachen alter Frauen. Rosenbaum dachte an den Menschen, der als erster kopfüber in ein dunkles Wasser gesprungen war; was wog dagegen die Erfindung des Rades oder des Föns, was vom extraterrestrischen Standpunkt aus, den der Mensch in Todesnähe einnimmt, das gleiche ist. Wen sieht man, wenn man seine Augen schließt?

Die Schnecken lagen vor ihnen auf den Steinplatten, drei an der Zahl. Die Alte hob eine von ihnen auf, hielt sie ihm grinsend vor das Gesicht und warf sie dann über einen Zaun in einen Nachbargarten, sie ging dabei etwas in die Hocke, imitierte einen betrunkenen Boulespieler.

So müsse man das machen, für jeden sei eine da.

Zuletzt warf Nadja.

Die Alte wußte, was nun folgen würde, und schlenderte ins Haus.

Im Grunde unterschied sich das, was Nadja sagte, nicht von dem, was er schon als Zwölfjähriger von einem geliebten Mädchen gehört hatte.

Es war vorbei.

Fünfzehntes und letztes Kapitel

Lieber Stroheim,
endlich schreibe ich Ihnen. Leider ist es mir im Moment nicht und vielleicht nie mehr möglich, in unserer Sache selbst etwas zu unternehmen, da mich eine Krankheit oder eine Verletzung ans Bett fesselt.

Die Menschen behaupten, es hätte etwas mit dem Magen zu tun, aber in Wirklichkeit werde ich gegen meinen Willen hier festgehalten. Die Wunde, die man mir zugefügt hat, ist so groß, daß es, um meine Flucht zu verhindern, nicht einmal notwendig ist, mich festzubinden oder auch nur die Tür abzuschließen.

Es herrscht eine fürchterliche Temperatur, und ich schwitze mir Löcher in den Leib. Ich muß schon sehr lange hier liegen; das Bett frißt mich bereits an, und niemals habe ich andere Bilder gesehen, als die an den Wänden um mich herum.

Früher vertrat ich die These, der Tod sei eine Folge des Überhandnehmens und der Unübersichtlichkeit der Erinnerung. Nun denke ich, daß das

Gegenteil der Fall ist – hier gibt es keine Erlebnisse, was mir hier passiert, zählt nichts hinzu. Und die Erinnerungen brauchen sich tatsächlich auf, ein vermuteter Reichtum erweist sich als äußerste Dürftigkeit.

Ich starre an die Decke und sehe ein Zelt, in den Hügelketten herrscht Krieg, der Grenzfluß ist rot vom Blut der Erschlagenen. Meine Haut wird dünn.

Sie löst sich in den Tüchern auf.

Dabei bin ich überzeugt, daß alles Notwendige getan wird; diesen Brief zum Beispiel diktiere ich einer bezaubernden Krankenschwester (ich bin nicht einmal in der Lage, selbst zu schreiben). Wer hat es wohl geschickt, dies Säugetier, und warum hat es so viel Zeit?

Um es gleich zu sagen, Nadja besucht mich nicht, Nadja wird mich nicht besuchen, Nadja wird mich nie mehr besuchen. Sie hat mit mir Schluß gemacht, so sagt man das. Das Abtauchen in die Vergangenheit, die vollkommenste Zeit, wird alles sein, was mir bleibt. Soll ich deshalb hier, ohne in der Lage zu sein, mich zu rühren, an alles denken müssen (eine Bewegung, das Denken, die winzigste)?

Nadja besucht mich nicht. Nadja hat mich in einer Nacht voller seltsamer Kleiderhaken verlassen.

Zum Schlößchen sind wir ja tatsächlich nie gelangt, und was der Einfall mit den Schnecken sollte, kön-

nen Sie mir bei Gelegenheit erklären. (Sie müssen die Schnecken nehmen und sie dort in den Nachbargarten werfen.) Ich saß am Steuer eines Wagens. Ich hielt das Bild in den Händen und entfernte mich stetig. (Sie machen das sehr gut, Ihr Sohn kann auch eine nehmen.) Gerne wüßte ich, welche Jahreszeit wir haben.
Es ist möglich, daß ich mich ermanne und die nächstbeste Krankenschwester ... Warum morde ich? Damit nicht aus Untätigkeit der Arm erschlaffe. Wundgelegener Humor.
Stroheim, Sie sollten ihr verständnisvolles Lächeln sehen – und diese gemalten Buchstaben.
Und ich will den Beginn schildern, so wie er sich mir dargestellt hat, von dem Punkt an, wo Ihr Brief endet. Auch auf die Gefahr hin, die Durchblutung der Wangen meiner Skribentin über alle Maßen anzuregen.
Ich wollte sagen, mein Freund ist heute gestorben, darf ich Sie zu etwas einladen, bestellte aber schlicht zwei Bier. Draußen begann es wie auf Verabredung zu regnen. Er lag schon länger im Sterben. Ich entzündete eine Sterbekerze auf dem Tisch. Sie nippte nur an ihrem Bier, ich befahl ihr, richtig zu trinken. Sie lachte ihr wahnwitziges Lachen und ich sah sie streng an. Ich drückte einen Daumen unter dem Tisch in ihre Kniekehle, aber sie verzog keine Miene. Ich ließ meine Hand den Oberschenkel entlang zurückwandern. Sie spürte,

daß ich etwas spürte. Während ich eine seltsame Schlange beschwor, trank sie ohne Widerrede. (Diese Bilder von Blut, Fisch und Mutterschaft ertrage ich ja nicht mehr.) Noch einmal: Diese fürchterlichen Füllsel das ganze Leben lang, Angaben über den Schlaf, die Intensität des Lichts, die Jahreszeit, Anzahl der Töchter, Name des Schiffes, philosophische Betrachtungen zur neuen Musik, Wassertemperatur, überholte Pläne, Akkordfolgen, Kannibalismus und Scriabin.
Das sind alles Ordnungen und Ordnungsvorstellungen, die der Welt nicht gerecht werden. Ich sah, wie sie langsam die Beine öffnete und sich mit den Händen an den Schenkeln entlangstrich.
Ich hatte mich unter dem Tisch befunden und tauchte nun wieder auf. Sinngemäß sagte ich, wenn ich alt bin, werde ich mich der Malerei widmen. (Ich erinnere mich nicht an Gesicht und Brüste der Thekenfrau.)
Unsere Nadja legte eine Hand zwischen meine Beine und machte einen Schmollmund. Sie öffnete meinen Reißverschluß und die Werke reagierten auf das direkte Leiden am dialektischen Zwang, wie Onroad es ausgedrückt hätte. Der Rest ist bekannt.
Stroheim, das waren Träume, die der müden Scham des Alltags noch die Stirn boten. All das ist in weite Ferne gerückt. Hierher zurückgekehrt, beginnt ein düsterer Nachmittag, und heute morgen verspürte ich ein Morgenständchen, eine physiologische Au-

bade, doch meine Hände können bis dort nicht greifen, und ich traue mich nicht, jemanden zu fragen. Stroheim, diese Schwester, oder was immer sie darstellt, schreibt das auf, sie lächelt, aber sie lächelt nichtssagend. Nicht einmal darüber herrscht mir Gewißheit. Bin ich das, was nach Abtritt riecht? Hat man mich gewaschen? Hat man mich nicht gewaschen? Stroheim, Sie müssen sich ja vorstellen, daß ich in diesen Momenten existiere.

Draußen schreien die Haderkatzen, und durch die Luft fliegen Armbrüste, um meine Schreiberin nicht zu überfordern: in Gestalt von Turmfalken. Ich höre und sehe noch.
Die zerknitterten Zifferblätter an allen vier Wänden – hat also die ungegenständliche Kunst die Krankenhausausstattung erreicht? Vorausgesetzt, dies ist ein Krankenhaus, denn zerknitterte Zifferblätter (ohne Zeiger) sind ja keine Gegenstände.
Stroheim, sagen Sie mir nur, ob Sie am Abend Ihrer Flucht mit Nadja telephoniert haben. Uns war der Alkohol ausgegangen. Als ich von der Tankstelle zurückkam, stand Nadja am Fenster und rührte sich nicht. Wahrscheinlich hat sie den Hörer aufgelegt in dem Moment, da ich den Schlüssel ins Schloß steckte. An diesem Abend haben Sie Nadja überredet, Ihnen ins Exil zu folgen.
Und Sie haben Ihr Ziel erreicht.
Wie gerne säße ich auf einem Plastikstuhl vor der

Bahnhofskneipe (anstatt hier mit dem Tod zu ringen), sehen Sie, meine Sekretärin lacht kurz auf, wenn ich vom Tod (in Klammern) spreche.
Es gibt Dinge, die nicht gut auszuhalten sind. Ich werde ja bald entlassen. Ich werde nach Paris fahren und Marie und Christiane in ihrem Glas im Naturhistorischen Museum besuchen.

Ich räusperte mich etwas kräftiger und schmeckte Blut. Das Diktieren ermüdet mich. Ich wollte den Geschmack wegräuspern und schmeckte mehr Blut, immer mehr Blut, als Todkrankem schmeckt einem das Blut nicht mehr. Die Krankenschwester hat mir eine Pappnierenschale unters Kinn gehalten, und ich habe tatsächlich mein Blut dort hineingespuckt.
Ich erinnere mich: die Zunge vergrößert die Dinge um das 1,6fache, also kinderfaustgroß.
Stroheim, der einzige Wettkampf, zu dem ich noch in der Lage wäre, bestände im Gegeneinanderdrücken unserer Stirnen.

Die Idee zum Schicksal von Nadjas kleiner Doppelgängerin kam mir, als ich kurz vor meinem Unfall unter einer Brücke hindurchraste und schemenhaft ihren Schattenriß zu erkennen glaubte (der Stein, der im selben Moment meine Windschutzscheibe durchbrach, war eigentlich für die Hinrichtung der hinter mir fahrenden vierköpfigen Fa-

milie bestimmt). Die Ärzte sagen, es ist ein Wunder, daß ich den Unfall überlebt habe, von meinem Wagen sei rein gar nichts übriggeblieben.
Man zeigt mir die Photos von Fremden und wundert sich über meine Gleichgültigkeit. Was in aller Welt könnte mich noch beunruhigen, ich kenne ja fast nichts mehr.
Den Wandschmuck auf dem Gang habe ich nie gesehen, weil ich das Zimmer noch nicht verlassen habe. Es verfolgt mich der Singsang, der für Normalisierungshäuser wohl charakteristisch ist.
Ich bin sicher, daß man in der Hölle flach auf dem Rücken liegt. Stroheim, die Menschen beschuldigen mich, Ihre Aufzeichnungen gefälscht zu haben. Den letzten, kleinsten Schluck zu trinken ist viel schlimmer, als gar nicht zu trinken, dennoch verlangt mich nach nichts anderem.

Stroheim, wir warten, daß es dunkel wird, daß es hell wird. Dies ist ein Lokal mit Telephonen, Nadjas Geheimdienst hat alles aufgezeichnet, eine peinliche Sammlung von Balzgesängen, so wurde noch kein Bespringen angekündigt. Das folgt alles aufeinander, diese Art, die Beine zu öffnen, ist nicht wiederholbar. Das nennt man Auftakt.
Sieht man sich eigentlich nur dadurch, daß man die gleichen Dinge betrachtet? Der im Tal hinter dem Turm und ich.

Dies ist eine Lokalität, in der man Hüfte und Haxe verzehrt, trotz der malerischen Lage am Pariser Teich. Schauen Sie in dieses Abendrot (möglicherweise hebt sich im Moment tiefster Betrachtung endlich der Schattenriß unsrer heißersehnten Nadja gegen die Stadt ab): Atheisten wie wir könnten wieder zu Gott finden bei dem Anblick, während Religiöse mit ähnlich erhebenden Gefühlen zu zweifeln beginnen.
Die Spiegelungen im Teich sind aufgrund neuester Bebauung nicht mehr nachvollziehbar, und widerlich brennen bei Dämmerung die Laternen, Kummermonde.
Mag also das stolze Wort den lauten Schmerz gewaltig übertönen, wie der schwäbische Landsknechtssohn es ausdrückte, Stroheim, auch das schon ein abgebrühtes Zeitalter.
Stroheim, welch kindische Vorstellungen: den klarsten Eindruck von den Dingen bekommt man, wenn man sie mit völlig untauglichen Mitteln mißt. Die Wassermenge des Ozeans mit einem Küchenmeßbecher, auf dem aber nur die Grammzahlen für Mehl angegeben sind, zum Beispiel, so Nadja auf der Hinfahrt. Der Calvados verändert uns die Mondfarbe und macht Nadja zu einem hutlosen Phantom, welches somnambul der Seine entsteigt.
Nadja läßt, wie so oft, auf sich warten, und die widerliche Schlange Müdigkeit beißt mir ins Genick, läßt ab und an meinen Kopf wegsacken, während

ich mich bemühe, all die Ausgeburten unseres zweiköpfigen Zweifels zu bändigen; bei unserer unsterblichen Seele, doppelläufig. (Lieber Stroheim, wir befinden uns mitten oder irgendwo im Tunnel, der aber hier endet, da wir uns nicht mehr bewegen.) Ich war jemand, der die Kerzen an beiden Enden anzündete, und jetzt habe ich einfach aufgehört zu essen. Dieser Spruch lockt ein müdes Lächeln auf das Gesicht meiner Schreibschwester (sie schreibt nun über sich). Mit den Medikamenten verlängern sie meine Küsten. Ins Endlose. Stroheim, mein Hals ist totgetrocknet, und die Schwester versteht mich vielleicht nicht, es ist ein französisches Krankenhaus, die Schwestern sprechen ja nur französisch. Die Dämmerung beginnt. Aber ich sehe, die Frau hat es nicht einmal versucht, sie hat ja gar nicht geschrieben, sondern nur gekritzelt, die Hitze ist nicht auszuhalten. Und die Fliegen, man sollte nicht meinen, daß es in einem Krankenhaus so viele Fliegen gibt und so blutige Verbände, sie hat nur notiert, wieviel Urin sich in meinem Urinbeutel befindet, sie hat nur meinen Blutbeutel abgelesen.

Ich diktiere meine Psalmen der sitzenden Frau, die mein Bruder mir geschickt hat.
Es gilt nun, den Satz zu ertragen: Das Gefühl, beim Anblick der Schönheit etwas verpaßt zu haben.
Die schräge Sonne. Die Sonne ist kleiner als ein

Stück Papier. Das offizielle Wissen sagt mir ja gar nichts, und zur Mathematik lasse ich mich auf keinem Bett der Welt bekehren.
Ich beginne Nadjas Gesicht zu vergessen, das macht den Schmerz kalt, den Schwamm eisern und eitrig. Spät benutztes Operationsbesteck.
Sind die grünen Tücher überall auf der Welt grün?
Vielleicht war ich die ganze Zeit nicht gemeint.
Auf welchem Felsen baue ich meine Kirche der letzten Aufzeichnung?
Vor meinem Fenster gehen künstliche Kinder, geschminkte Greise, auf Stelzen, man verhöhnt meine Bewegungslosigkeit.
Eben ließ die Krankenschwester einen entrindeten Stock, der ständig neben meinem Bett steht, über meinem Kopf kreisen.
Um die Fliegen zu verjagen?

Einen kurzen Moment stand ich seelenruhig am Meer und warf mit Steinen nach Fischen. Die Dinge, die man nicht getan hat, beschäftigen einen mehr als die Dinge, die man getan hat.
Einiges diktiere ich nicht. Sofern Leere einkehren kann, schließe ich die Augen. Der Lidschlag, kürzester Abspann